隠木 鶉　illustration by 510

BeLuck文庫

修学旅行で仲良くないグループに入りました

I happened to join a group of "cool guys" on a school trip.

高校生活のビッグイベントといえば、修学旅行。

仲のいい友達が違うクラスになってしまい、先行き不安な俺。

しかし。班決めでぼっちを極めていると、なぜか四人のイケメンが集うグループに入れてもらえることになり——？

「日置《ひおき》は俺と一緒でいい？」

グループの中でも、一番親切に接してくれたのは、爽やかで優しいと噂のイケメン、渡会《わたらい》だった。

「日置が無事なら、なんでもいい」

「日置、こっち見て」

あれ？　なんで俺なんかに、こんな優しくしてくれんの……？

そして、いつの間にか……。

自分より大きくて温かい渡会の腕の中で、なぜか俺はキャパオーバーになっていた。

「もうなんでもするから許してほしい」

絞りだしたその一言が、俺の平凡な日常を変えていく。

「日置さ……あのとき言ったこと覚えてる？」

「もし日置が良かったらだけど」

「俺と――」

修学旅行最終日。

いつも余裕の表情を見せていたはずの渡会は、心臓の音が聞こえてきそうなほど、顔を真っ赤に染めていた。

Characters

好き。
友達になりたい。

なんで
俺……？（困惑）

日《ひ》置《おき》朝《あさ》陽《ひ》

高校2年生。温度低めな平凡男子。さっぱりとした性格で普段は冷静だが、たまにものすごく純粋な一面が垣間見える。クラスに仲の良い友達がおらず、修学旅行の班決めでは誘われるまま、無駄に顔面偏差値の高いグループに入ってしまった。

渡会《わたらい》紬嵩《つかさ》

日置と同じクラスの爽やかイケメン。修学旅行で同じ班になった日置の世話をやき、ことあるごとに助けている。気になった人や物への独占欲が強めで、執着しがち。

渡会の友人たち
（修学旅行班のメンバー）

堀《ほっ》田《た》颯《はや》斗《と》

日置と同じ中学出身のクラスメイト。裏表がない上に明るく気が利くので、男女どちらからも人気がある。日置を修学旅行の班に誘う。

守《もり》崎《さき》尚《なお》哉《や》

修学旅行で同じ班になった日置のクラスメイトで、近寄りがたい雰囲気を醸し出すクール系男子。人をからかうのが好きな末っ子気質。

仲《なか》里《さと》 晴《はる》輝《き》

修学旅行で同じ班になった、日置のクラスメイト。愛嬌があり人なつっこいのでムードメーカーのような役割を担うことが多いが、腹黒な一面もある。

目次

修学旅行：一日目

高校二年生に進級してから、二ヶ月と少し。

新しいクラスにもやっと慣れてきたと思った矢先、大きな問題が待ち受けていた。


現在、修学旅行の班決め真っ只中。

一生の思い出に残るだろうイベント前の重要な時間に、俺は椅子から離れられずにいた。

（そもそも、なんで修学旅行を六月にするかな……）

親睦《しんぼく》が深くなった十月あたりが最適だと思うのに、どうやら今年から変わったらしい。

教師たちは高校生のコミュ力を過大評価しすぎている。

クラスメイト全員の名前すら覚えているか怪しい俺は、この二ヶ月でゼロから仲良しの友達を作ることはできなかった。

友達がいないわけじゃない。仲の良い友達が、別のクラスになってしまっただけ。

いっこうに動かない俺が気になるのか、担任がチラチラと様子を窺《うかが》ってくる。その視線から逃げるように、体を捻《ひね》ってうしろを向いた。案の定、グループが決まった生徒は、楽しそうに談笑している。

仕方ない。俺を入れてくれる優しいグループを探すか。

意を決して重い腰を持ち上げたが、それは一人のクラスメイトによって阻《はば》まれてしまった。

「日置《ひおき》、グループ決まってないの？　俺らのとこ来ない？」

日本男児らしい凛々しい顔つきの彼、堀田颯斗《ほったはやと》は、短い髪を揺らしてニカッと笑った。同じ中学校出身の堀田は、爽やかな風貌《ふうぼう》と親しみやすい人柄から、女子の人気はもちろん、一部の男子からも憧れの的となっていた。

残念ながら、俺はその一部に属していないし、彼と親しいほどの仲でもない。

「決まってな――」

「じゃあ決まり！　こっち来いよ！」

おいおい、話を聞いてくれ。

なんで俺？　そもそもグループのメンバーは？

聞きたいことが山ほどあるのに、堀田は聞く耳を持たず、強引に俺の腕を引っ張った。

「日置も俺らのグループ入るって！」

「…………」

まだ入るとは言ってないけど。それに、目の前に座る三人のクラスメイトは、興味なさそうな目つきで俺を見上げている。

全然歓迎ムードではない空気に耐えられず、今度は俺が堀田の腕を引っ張った。

「おい！　全然歓迎されてないじゃん！　なんで連れて来たの⁉」

「え、みんな合意の上だけど」

「どこがだよ！」

合意？　どこが？

「さっきも聞いたけど、なんで俺な——」

「なぁ、決まったから名前書いていい？」

話を聞かないやつばっかりなのか。

堀田から手を離し、声の主に向き直る。グループメンバーを記入する用紙を持った、一人のクラスメイトはジッと俺を見つめていた。

名前は、えっと……。

「渡会だっけ、俺入っていいの？」

なんとか捻り出すことができた。

渡会紬嵩《つかさ》。彼も堀田と同じく、女子から絶大な人気を誇る生徒だ。スラッとした長身に、スッキリした余白のない顔立ち。不意に見せる優しさに惚れてしまう……と、隣の席の女子も言っていたっけ。

「……あ、うん。俺、渡会。よろしく」

渡会は謎の間《ま》を置いて、パッと顔を逸らした。

あまり俺の好感度は高くないようだ。もう少し笑顔を意識するべきだった。

「渡会の隣が仲里《なかさと》で、その隣が守崎《もりさき》」

渡会が記入している間、堀田が二人のクラスメイトを紹介してくれた。

人懐こそうにニパッと笑う彼は、仲里晴輝《はるき》。男にしては中性的な顔立ちで、朗らかな表情からはアイドルのような愛嬌を感じる。

手元のスマホに集中する彼は、守崎尚哉《なおや》。仲里や堀田とは反対に、近寄り難い雰囲気を醸《かも》し出す彼は、俳優のように整った横顔を画面に向けていた。

二人も言うまでもなく、学内で騒がれている生徒だ。よく分からないまま、学力より顔面偏差値が高そうなグループに招き入れられてしまった。

まぁ……もう、入れてくれるなら誰でもいいか。

ひとまず、グループが決まったことに安堵してホッと息を吐いた。

渡会《わたらい》 紬嵩《つかさ》
堀田《ほった》 颯斗《はやと》
仲里《なかさと》 晴輝《はるき》
守崎《もりさき》 尚哉《なおや》

まだ少し肌寒い明け方。

当日は思ったより早く来るもので、あっという間に修学旅行初日。

「日置！　おはよ」

集合場所の校庭に向かう道中、慣れ親しんだ声が背後から聞こえた。振り向くより先に隣に並んでくる、自分より少し背の低い男子生徒に「はよー」と挨拶を返す。

彼は辻谷《つじたに》莱空《らいあ》。同じ中学出身であり、同じ部活のバドミントン部に所属している。数少ない俺の友達だ。

「忘れ物ないか心配すぎて眠れなかった」

重たそうに垂れ下がった目尻を擦り、大きく欠伸《あくび》をする辻谷。

「俺も母さんにめっちゃ聞かれた……って、楽しみで眠れなかったんじゃないのかよ」

「あはは！　確かに！」

辻谷の豪快な笑い声に、つられて俺も声を上げて笑った。

ひとしきり笑いあったあと、辻谷は思い出したように話題を切り替えた。

「そういえば、誰と同じグループなんだっけ？」

「あー……それね」

そのうち聞かれると思っていた質問に、一人ずつグループメンバーの名前を挙げる。

「うわー、堀田以外喋ったことないけど……なんでそのグループ？」

「俺が聞きたい」

「ついに日置も陽キャの仲間入りか」

「違う違う」

わざとらしく泣く素振りを見せる辻谷に「やめろ」と言って肩を叩く。ダメージゼロの彼は「ごめん」とまた豪快に笑った。

近況報告をしているうちに、気がつけば校庭に到着していた。まだ話していたかったけれど名残《なごり》惜しく辻谷と別れ、ちらほらと集まる生徒たちを横目に、同じグループの彼らを探した。イケメン特有のオーラで見つけやすそうだけど、これだけ生徒が多いとそう簡単にはいかない。

メッセージを送るためにスマホを開くが、ロックを解除する間もなく、目の前に影が差した。

「おはよ」

「……はよ」

顔を上げた先には、ジッと俺を見下ろす渡会と、まだ眠そうな仲里が立っていた。

「堀田たち、あっちいるって」

ポケットに手を突っ込んだまま、仲里が目で場所を示す。目線をたどると「修学旅行楽しみだな」と言わんばかりの笑顔で手を振る堀田と、仲里と同じく眠そうな守崎が待っていた。

「一組からバスに移動ー！」

校長の長い挨拶のあと、教師の指示を皮切りにワッと周りが騒がしくなる。

「長すぎ！　足いてー」

「それな。早く座りたい」

堀田は愚痴を溢し、守崎はうんざりといった表情を浮かべた。

俺も今すぐ、バスへ乗り込みたい。けれど、俺たち五組の順番はもう少し先だ。

「てか、バスの座席どうする？」

仲里が流れだす二組の生徒へ目を向けた。その言葉に、渡会と守崎も顔を上げる。

「そういえば決めてなかったな」

「一番うしろの二列だっけ？　三人と二人で分かれるんでしょ」

「グッとパーで決めればよくね？」

堀田の提案で輪になり、グーの手を中央に出し合う。

「グッとパーで……」

仲里が掛け声を上げると、それを守崎が制した。

「やっぱ待って。誰か女子の隣になるんでしょ？　俺イヤなんだけど」

思い出したように彼が手を引っ込める。

そんな我儘《わがまま》に抗議の声が上がるのは当然で。

「えー、なんだよ今さら。だから一番うしろに五人で並べばいいって言ったじゃん」

「それだと会話聞こえねーじゃん」

「そん時くらい我慢しろよ」

「じゃあお前、女子の隣な」

「は？　なんでそうなんの」

もう誰が何を喋っているのか分からないけど、仲が良すぎるあまり低レベルの喧嘩をしているらしい。

ただ傍観していた俺は、埒《らち》があかないと思って口を挟んだ。

「俺その席でいいよ。後部座席の真ん中」

ワーワーと騒いでいたわりに、俺の声は届いていたらしい。ピタッと言い合いが止まり、仲里と堀田と守崎の三人は「マジで？」という顔で俺に注目する。

「じゃあ俺、日置の隣に座る」

渡会からはまさかの立候補。

予想外な発言に固まっていると、渡会は「いい？」と首を傾げた。隣は誰でもいい俺は、圧に押されながらもぎこちなく頷《うなず》いた。

「じゃあ俺は、その隣の窓際」

「じゃ、俺と仲里で前の二席な」

渡会に続けて守崎と堀田が決め、結局話し合いで収まった。

バスに乗り込めば、予想通り、先に座っていた隣の女子からの「お前かよ」という視線が痛い。

なんとなく居心地が悪く、渡会のほうに寄ると、勢い余って体がぶつかった。

「あ、ごめん」

「大丈夫……寄りかかってもいいけど」

そこまで言うなら代わってほしい。とは言えず、気持ちだけ受け取った。

点呼確認が終わり、バスが動き出す。

修学旅行は始まったばかりだが、もう帰りたい。

乗車券の番号を照らし合わせ、バスと同じ組み合わせに分かれて新幹線に乗り込む。

今度は窓際だ。テンションが上がる。

「な、窓、コレ開けててもいい？」

バスの中に語彙力《ごいりょく》を置いてきたかもしれない。

ブラインドを指差し、隣に座る渡会に声をかける。リュックから荷物を取り出していた彼は、ピタリと手を止めた。

「わざわざ聞かなくてもいいのに。眩《まぶ》しかったら言うし……外の景色好きなん？」

「うん、好き」

景色の何がいいのと聞かれれば、答えられないけど。なんとなく好き。

ニコリと笑みを向けると、渡会は一瞬固まったあと「………………そ」と呟いて顔を逸らした。

そこへちょうど、五つ分のお弁当を抱えた仲里が戻ってきた。

「弁当貰ってきたよ」

「なんの弁当？」

仲里から一つ受け取った堀田は、包装紙の隙間から中身を覗いた。

「分かんない、いろいろ入ってるやつ」

「幕末弁当か」

「……幕の内じゃね？」

仲里がポツリと堀田に突っ込む。

全員が顔を見合わせ、耐えきれずに笑いだした。

幕末弁当、逆に気になるな。

早めの昼食を済ませ、一息つく。窓の外は、まだ緑が多いが、ちらほらと建物も増えてきた気がする。

今日は雲ひとつない晴天。窓から差し込む太陽の日差しも暖かい。自然と瞼《まぶた》も落ちてくる。

今寝たら、夜眠れなくなるだろうな。頭では分かっていても、眠気には抗えない。

「眠いの？」

まどろむ俺に気付いた渡会が顔を覗き込む。

「うん」

「着いたら起こすから寝ていいよ」

首を振ろうとするも、優しい声色がさらに眠気を誘う。

彼の善意に甘えることにした俺は、深く椅子に座り直し、ゆっくりと目を閉じた。

体を揺さぶられる感覚に意識が浮上する。重い瞼を開くが、ボヤボヤとしていて、起きているはずなのに、まだ夢の中にいるようだった。

「おーい、日置。起きろって」

渡会の声が聞こえる。

何度か瞬《まばた》きを繰り返し、ピントを合わせる。やっとクリアになった視界に、起こしてくれた渡会が鮮明に映った。窓の外は、最後に見た緑はなく、駅構内に変わっていた。

座席から立ち上がり、凝り固まった体を伸ばす。その時、骨の鳴る音と共に、変な声が漏れてしまった。慌てて口を塞《ふさ》ぐも、聞かれてしまったようで。

「大丈夫、聞いてない聞いてない」

前を歩く渡会に気を遣われてしまった。無性に恥ずかしくなり、リュックを背負い直すと、意味もなく彼の背中を叩いた。

季節は梅雨の六月。

地元は晴れていたのに、関西は曇りのようだ。太陽が隠れているのも相まって、駅の外は寒かった。

今日の予定は〝能《のう》〟を観覧して旅館に向かうだけ。

行きのバスや新幹線の移動時間が長かったぶん、能の劇場までは時間が短く感じた。

劇場の入口には、能に使われる衣装や小道具が飾られていた。重たそうな装《しょう》束《ぞく》を過ぎ、会場内に入るとL字に組まれた舞台が目に入る。メインステージは中央ではなく端に寄っていた。

準備が整えば、劇場のスタッフが袖幕から登場した。

「説明するより、見てもらったほうが早いかもしれませんね」

スタッフは軽く挨拶を済ませ、颯爽《さっそう》と舞台からおりた。このテンポのよさ、うちの校長も見習ってほしい。

会場が暗闇につつまれ、舞台上に照明の光が集まる。和楽器を持った演者と能面で顔を覆った役者の登場に、会場内の空気はガラリと変わった。

お経のような歌声が、静かで品のある舞に重なる。初めて見る光景に、ただただ目が釘づけになった。

会場全体に、拍手が響き渡る。

最後を締めくくる学年主任の挨拶で、能の体験は幕を閉じた。

「雨降ってんだけどーー!」

劇場の外から、生徒の叫び声が聞こえてくる。

怪しいとは思っていたが、ついに降りだしたようだ。

軒下から空を見上げると、大粒の雨が顔にぶつかった。慌てて目を擦れば、嫌な予感が走る。

「コンタクト取れた」

小さなひとりごとは、雨音にかき消された。

フリーズしたまま立ち尽くす俺は、密かに頭を抱えるのだった。

今頃、旅館で横になっているだろうキャリーケースの中に、眼鏡を置いてきてしまった。コンタクトが取れるなんて、一ミリも思わなかった。

視力を奪われた左目を開ければ、歪《ゆが》んだ世界が広がる。気持ち悪いから右も取ってしまいたい。

「どした？　感動したの？」

「違う、コンタクト取れた」

目を擦る俺を泣いていると勘違いしたのか、渡会は顔を覗き込んでからかってきた。今はそんな冗談に乗っている場合じゃない。

視界のギャップに気分が悪くなっていると、一つの打開策が浮かぶ。

「ねぇ、歩く時にどっか掴《つか》ませてほしいんだけど……いい？」

「……なに？　どういうこと？」

渡会は怪訝《けげん》そうに眉を顰《ひそ》めた。それでも、視界の悪さや転ぶリスクを細かく説明して押し通す。

最終的に、彼は訝しんだ表情のまま頷いた。

「……分かった。いーよ」

それは良いよの顔なのか。

「嫌なら別の人に頼むけど」

「行こ」

せっかく気を遣ったのに、渡会は聞こえなかったフリをして傘を開いた。

彼が何を考えているか分からないが、お言葉に甘えてリュックの紐を握る。

そこへ、折りたたみ傘を忘れていた堀田と仲里と守崎が、大きな一つの和傘を持ってやってきた。劇場のスタッフからプレゼントされたらしい。

「早く移動してー」

担任の声に、渡会と俺、堀田と仲里と守崎に分かれて雨の中を歩いた。

なるべく迷惑をかけないように、足元を注意深く見つめる。一方、渡会は引っ張られる感覚が気に食わなかったようだ。

「こっちのほうがいい」

そう言って手を繋いできた。

リュックの紐を掴んでいた時より距離が詰まる。

歩きづらくないかと心配になったけれど、思っていた以上の安心感に、振りほどくのはためらわれた。幸いにも、うしろを歩く三人から囃《はや》し立てられることもなかった。

渡会はバスの座席に着くまで手を繋いでくれた。

クラスメイトからはジロジロ見られたと思うが、今は視界が悪くて良かった。

こんなの、クリアな視界で味わったら恥ずかしくて死ぬ。

「ありがと、マジで助かった」

「旅館に着いてからもでしょ？　まだお礼言うの早いと思うけど」

「んぇ……あ、そうか。でもありがとう」

「うん」

なんと、旅館に到着してからも介抱してくれるらしい。

俺の腑抜《ふぬ》けた返事に、渡会は満足げに頷いた。


「ようこそいらっしゃいました」

品の良い声が耳に届く。視力を奪われた俺は、声の主を見ても顔が分からない。おそらく女将《おかみ》であろう女性も、並んで迎えてくれた旅館のスタッフも、全員のっぺらぼうだ。

ボヤける視界の中、夕食や入浴の時間について話す学年主任の声に耳を傾ける。

「部屋の鍵を受け取った班は、このまま大広間に移動！」

「え」

飛んできた指示に声を漏らす。

待て待て待て。先に部屋行かないの？　せめて、眼鏡を取りに行かせてほしい。さすがにこれ以上視界が悪いのは不便すぎる。部屋に向かう許可を貰わなくては。

「先生に言ってこようか？」

必死に目を凝《こ》らして担任を探す俺を、渡会が察してくれたらしい。彼の声に反射的に頷けば、繋がれていた手が離れた。

「渡会どこ行ったん？」

隣から守崎の声が聞こえた。ボヤけた視界でも整っていると分かる顔に、危機的状況を説明する。彼は納得したように頷き、仲里の名前を呼んだ。

グループリーダーの仲里から鍵を受け取れば、タイミング良く、離れていた体温が俺の手を握った。

落ち着いたBGMが流れる廊下に、二人分の足音が響く。相変わらず、俺の手は渡会の手に繋がれたまま。

「本当に今日はありがと」

気まずさを紛らわせるために口を開いた。

「気にすんなって、俺も……………やっぱいいや」

何かを言いかけた渡会が口を噤《つぐ》む。

「なに？」

「なんでもない」

「逆に気になるんだけど」

「……………………」

これ以上聞くなということか。

黙りこむ背中を見つめていると、渡会がピタリと足を止めた。どうやら、ここが俺たちの部屋らしい。視界の悪さとも、あと少しでお別れだ。

「ここで待ってて」

急ぐ気持ちを抑え、ドアノブへ手をかける。

ずっと繋いでいた手は、なぜかすぐにはほどけなかった。引き留められるように引かれ、名残惜しそうにスッと離れる。一瞬のことで、わざとなのか偶然なのかも分からない。

なんだなんだ。モテるテクニックか。なんて感想を抱きながら、座敷に上がった。

色を頼りに自分のキャリーケースを見つけ、小さなポケットに手を突っ込む。触れ慣れた素材の感触を得ると、ケースを引っ張り出し、待ち望んだ眼鏡を身につけた。

クリアな視界に、ホッと息を吐く。それも束の間、急いで渡会が待つ部屋の入り口へと駆けだした。

「ごめん、お待たせ……うわっ⁉」

気を抜いた俺は、掃除の行き届いた滑らかな畳に足を取られた。バランスを崩した体は大きく傾く。

ギュッと強く目を瞑《つむ》った先に、思っていた衝撃は襲ってこなかった。むしろ、痛みとは逆の包容力に包まれている。

「ごめん、ありがとう」

抱き止めてくれた渡会から体を起こす。この上なく恥ずかしい。いっそ消えてしまいたい。床と見つめ合っていれば、いきなり頬を掴まれた。羞恥心に染まった赤い顔が、オレンジを放つライトの下にさらされる。

「怪我ない？」

「え、あ、うん、大丈夫、です」

思わず敬語になる。

渡会は固まる俺など気にせず、顔の角度を変え、頭を撫で、傷がないか探していた。

しいて言えば、眼鏡が食い込んだ目頭《めがしら》が痛いくらいだが、そんなことより、俺はもうキャパオーバーだった。今はただ、渡会を見つめることしかできない。

「もう何でもするから許してほしい」

そう心の中で思った。

「へぇ」

聞こえていないはずの渡会が、意地悪そうに笑う。

え。俺、さっきの何でもするからって、無意識に口に出してた？

呆然と立ち尽くす俺に、ドアを開けた渡会は、急《せ》かすように目を向けてきた。真偽が分からないまま、慌ててスニーカーを履き、部屋から飛び出す。彼の隣に並べば、嬉しそうに笑みを浮かべる横顔を見上げた。

「な、さっきのこと忘れてほしいんだけど」

「やだ」

即答。というか、やっぱり口に出してたんだ。

何をお願いされるのだろう。明日の自由行動で何か奢《おご》るとかかな。あ、でもずっと介抱してもらってたし、三個くらいは言うこと聞かないといけないかも。

不安を胸に、恐る恐る隣を窺う。

「お手柔らかにお願いします」

「うん」

返事は微笑みと一緒に返ってきた。

夕食が待つ大広間に入ると、仲里たちが座っている円卓へ向かった。

席に着くなり、三人はまじまじと俺の顔を凝視《ぎょうし》してくる。

「なんか、眼鏡かけると雰囲気変わるね」

「幼く見える」

「不良にカツアゲされそう」

散々な言われようである。そんなに似合ってないのか。

「あ、違う違う！　ごめんて！　可愛いってこと」

俺の微妙な空気を感じ取ったのか、すかさず仲里がフォローを入れた。堀田もそうと頷き、カツアゲされそうと言った守崎も頷く。

可愛いと言われても、どう反応したらいいか分からない。返事に戸惑っていると、学年主任の声が響いた。

「皆さん、修学旅行一日目お疲れ様でした。移動ばかりで疲れたと思いますが、たくさん美味しいご飯を食べて、明日も頑張りましょう！」

大広間に「いただきます」と生徒の声が反響する。同時に、食器の音や会話も大きくなった。

「なぁ、乾杯しようぜ」

堀田が手に取ったグラスを揺らす。彼の提案に、円卓上に並んでいた瓶を開けた。堀田はコーラ、仲里と守崎はオレンジジュース、渡会と俺は烏龍茶を注いだ。

「かんぱい〜！」

堀田の元気な声を合図に、グラスを前へ突き出す。合わさった五つのグラスは、カチャンとガラスの弾ける音を鳴らした。

いつの間にか動画を撮っていた守崎は、片手で器用にスマホをタップしている。

「グループに送るわ」

烏龍茶を喉に流し込んでいると、渡会が守崎に目配せした。

「その動画送って」

「多分、ストーリー動画じゃない？　インスタの」

ボーッと二人のやり取りを見ていた俺に、隣に座っていた堀田が説明してくれた。インスタというアプリは、中高生の間で人気の写真を掲載するSNS。

俺はダウンロードすらしていないけど、陽のかたまりである彼らは、かなり使いこなしているようだ。

「日置はインスタやってないの？　アカウント教えてよ」

「俺も知りたい」

堀田は当たり前のようにスマホを取り出した。

「俺も！　教えて」

「ＩＤ送って」

　堀田との会話を聞いていたようで、渡会たちも続いてスマホを手にする。

「俺やってないからアカウント持ってない」

　そう答えれば、四人は一瞬の沈黙のあと、あり得ないという表情を浮かべた。別に、インスタやってない高校生はいるだろ。俺とか。

「じゃあ部屋戻ったらアカウント作ろ」

　渡会は期待するようにこちらを窺った。断るのも面倒で適当に頷けば、嬉しそうな笑みが返ってきた。

　男子高校生の食欲は旺盛《おうせい》なもので、円卓に並んでいた料理は、気付けばほとんど俺たちの胃袋に消えていた。

「皆さん、そろそろ食べ終わりましたかね？　次は時間をずらしてクラスごとの入浴になります。時間を間違えないように気をつけてください！」

　学年主任の挨拶が済めば、次々と生徒が席を立つ。特に指示がなかったので、大広間の出入り口は混雑していた。

人の波が落ち着くまでの間。椅子に腰かけて膨れた腹を休ませていると、ポンと肩を叩かれた。

「よっ！　気分どう？　元気にイビられてる？」

見上げた先には、辻谷が立っていた。

「イビられてない。人を舎弟《しゃてい》みたいに言うなよ……あ、聞いて、能見たあとにコンタクト取れてさ」

「あ～、だから眼鏡してんだ」

苦い思い出を笑って聞いていた彼は、慰めるように頭を掻き撫でてきた。かと思えば、いきなり大声を上げた。

「あ、やべ！　俺一組だから風呂の準備しないと！　またな！」

小走りで出入り口へ駆けていく辻谷。

元気な友達に乱された髪を直しつつ席を立てば、今度は隣に渡会が並んできた。

「さっきの誰？」

「部活の友達」

「…………ふーん」

なんだか不機嫌な渡会は、そう言って目を細め、辻谷に乱された俺のボサボサな髪を撫でた。

しおりに感想を書いたり、インスタのアカウントを作ったりしていれば、すぐに入浴時間が回ってきた。向かった大浴場は、俺たちの学校の生徒や一般の客で賑《にぎ》わっている。

「日置、風呂平気なん？」

ちょうど眼鏡を外したタイミングで、渡会の声がかかった。

「大丈夫」

「転ぶなよ」

「…………善処《ぜんしょ》はする」

自信のない返事をして、脱いだインナーシャツを籠《かご》に放った。

男同士と言えど、人前で裸になるのは抵抗がある。体型に自信がないからとかではなく、普通に恥ずかしい。

逃げるように浴場に駆けこみ、目に付いた風呂椅子に座る。持参したシャンプーを手に取って泡立てるが、量が多かったのか、泡はどんどん瞼の上まで流れ落ちてきた。手探りで回したハンドルは、捻る方向を間違えたようだ。冷たい水が、容赦なく降りかかる。

「うわ！」

「何してんの」

隣に座ってきた男子生徒に溜め息をつかれた。声からして守崎だと思う。

「水、これお湯に変えて」

目を閉じたまま、暗闇に向かって頼みこむ。キュッキュッと、ハンドルが回る音がすると、降りかかっていた水が徐々に温かくなってきた。

「だから平気かって聞いたじゃん」

守崎とは反対の方向から渡会の声がした。

「ありがと。助かった」

目元の水分を拭《ぬぐ》い、渡会と守崎に礼を伝えた。肌色の人型の何かにしか見えないけど、人違いだったらすみません。

「どういたしまして。洗い終わったら待ってて」

渡会の声色に心配が滲んでいた。また、能の帰り道のように引導してくれるのだろう。さすがにそこまで迷惑はかけられない。

「マジで転ばれたら困るから」

断りを入れようと口を開くが、先手を打たれてしまった。

結局、渡会に手を引かれ、浴槽に向かうことになった。

間近に来れば認識はできるもので、大理石っぽい縁が見えると、繋がれている手を引いた。眼鏡を取りに行った時とは違い、彼の手はすんなり離れる。

ゆっくり湯船に身を沈めれば、ふぅと息を吐いた。少し熱いが気持ちがいい。

「思ったけど、日置ってプールとかどうすんの？」

お湯が波立つ音と仲里の声が、同時に聞こえてきた。

「あ〜……中学の頃は今より視力良かったから、まだ一人で大丈夫だったし、プライベートでプールは行かない」

「高校はプールの授業ないもんな……あ、海は？」

「海は泳がないから行く」

海という単語に、堀田と渡会と守崎も反応した。

「海いーな。行きて〜」

「そろそろ夏だし、計画立てよ」

「日帰りで行けっかな」

なんだか海の計画を立て始めている。最初は四人だけの話かと聞き流していたが、会話の流れからして俺も頭数に入っているようだ。修学旅行が終わったら、以前の関係に戻ると思っていたから驚いた。

「にいちゃんたち、高校生か？」

海の話題で盛り上がっていると、聞きなれない年配のおじさんの声が割り込んできた。おそらく、一般の宿泊客だろう。

「そうです。修学旅行で」

突然の来訪に、渡会は淡々と答えた。

「はっは！　もう美味いもん食うたか！　どっから来はった！」

おじさんは豪快に笑いながら、鼓舞《こぶ》するように俺の肩を叩いた。地味に痛い。

「ちゃんと食って筋肉つけなアカンよ！　こんな細くてヒョロっちいと、女の子守れないやんか！」

「え……」

突然、おじさんに腹を触られた。くすぐったさに思わず、ふっと息が漏れる。微妙な空気になりかねないと、慌てて口を押さえてももう遅い。

「おっとすまんすまん！　こそばゆかったか！」

おじさんはまた豪快に笑った。

さっきからスキンシップが激しいとは思っていたけれど、ここまでとは。変な下心を感じないぶん、余計にたちが悪い。

愛想笑いを浮かべて距離を取ると、体をずらした先で腕を掴まれた。反動で、ヒョロっちいと言われた体が湯船から引き上げられる。

「じゃあ、俺らもう行かないとなんで。失礼しまーす」

「ほなな！　楽しんでや！」

おじさんの元気な声が浴場内に響いた。

脱衣所へ着けば、俺の腕を引いていた渡会は心配そうに顔を覗き込んできた。

「大丈夫？」

「まさかセクハラされると思ってなかった」

「だよな」

「俺はそんなヒョロくない」

「あ、そこなんだ」

嘘である。少しでも笑える空気に持っていきたくて冗談を言った。

からかってくると思った渡会は、笑うことも慰めることもせず、俺を見つめていた。

怒涛《どとう》の一日目も終わりが迫っていた。けれど、今は修学旅行。これだけで終わるわけがない。

思い出は、記憶より写真のほうが目に見えて残る。現代っ子の彼らは、息をするようにスマホに記録を残していた。映りが良いからという理由で、部屋の狭い洗面所に五人肩を並べ、鏡越しに写真を撮った。

満足そうな彼らを横目に、暑苦しい洗面所を出ようとすると、それは渡会によって止められた。

「日置と一緒に撮りたいんだけど……二人で」

俺の腕を掴んだまま、渡会は期待するようにスマホを掲げた。自然な動きで俺の肩を抱き、画面の中でベストポジションを探しだす。ポーズがワンパターンしかない俺は、ずっとピースを維持してシャッターが切られるのを待った。

撮るよ、と耳元で一言。同時に、画面が一瞬光る。もちろん、ＳＮＳを駆使している男子高校生が一枚で切り上げることはなく、追加で何枚か撮りたいとお願いされた。

渡会との撮影を通して、ピース以外にも新しいポーズを習得した。今後、使うか分からないが覚えておこう。

「もう戻っていい？」

スマホの画面を見つめる渡会に尋ねれば、満足したような笑みが返ってきた。

奥の座敷には、すでに五人分の布団が敷かれていた。左側に三人分、右側に二人分、中央に頭を向ける形になっている。

「敷いてくれたんだ、ありがとう」

「どーいたしまして」

誰が敷いてくれたのか分からず、まとめて三人に礼を伝えると、寄せられた机の端でスマホをいじっていた堀田が顔を上げた。

やっと、疲労の溜まった体を、肌触りの良い布団に転がす。

（あ、勝手に場所決めちゃった……ま、いっか）

新幹線で寝てしまったことを懸念《けねん》していたが、心配なく眠れそうだ。

眼鏡を枕元に放り、じわじわと襲ってきた睡魔に身を委ねる。

「えー、まだ寝んなよ。もっと話したいのに」

まどろみだした俺の頬を仲里が突つく。

「うーん。何話すの」

「修学旅行と言えば、恋バナでしょ」

なんとも修学旅行らしい回答だった。

体を反転させ、眼鏡をたぐり寄せる。隣にいると思った仲里は、三人側の中央を陣取っていた。

「日置は彼女いるの？」

机の上にスマホを置いた堀田は、質問を投げながら仲里の隣に寝転がった。個人の時間に没頭していた渡会と守崎も、気になると言わんばかりに布団に吸い寄せられて来る。

「おもしろくなくてごめんだけど、いない」

首を振れば、堀田はなぜか頭にハテナを浮かべた。

「あれ、でも中学の時はいたよね？」

「それ多分誤解」

「え、堀田と日置って中学一緒なん？」

隣の布団に寝転がっていた渡会は、驚いた声を上げて体を起こした。

てっきり堀田から聞いていたと思っていたが、どうやら違うようだ。

「そうだよ、一緒のクラスにはなったことないけど」

「三クラスしかなかったのに、逆に奇跡だよな」

俺の返答に付け加えて堀田が笑う。

「で、誤解ってなに？」

途切れてしまった話題を戻すように、守崎が口を挟んだ。あいにく、期待の眼差《まなざ》しを向けてくる彼が喜ぶような特別な思い出はない。

「仲良かった友達の相談乗ってたら、それを付き合ってると勘違いした人が言いふらしただけ」

「あるあるだね」

仲里がクスッと笑った。

「どうやって誤解といたの」

守崎はこの話の先に、まだ面白い要素があると思っているようだ。さらに質問を重ねた。

「といたっていうか、結局相談乗ってた子が本命とくっついたから、それ以来集合することもなくなって……自然消滅だと思われてるんじゃない？」

「へー、俺もそれ聞くまでは自然消滅だと思ってた」

堀田が納得したように頷いた。

「そんな有名カップルだったんだ」

「勝手に噂が一人歩きしただけだよ。俺の話終わり、てか彼女持ちいないの？」

渡会の探るような視線から顔を逸らし、俺よりも学年の女子全員が気になっているだろう話題に切り替えた。四人を見れば、口を揃えて「いた」と言った。

「いる」ではなく「いた」ということは、今はフリーのようだ。

気になった俺は、四人の元カノ談を尋ねてみた。

単純に趣味が合わなかったからと、それらしい理由もあれば、精神的に重い元カノの話もあり、逆に軽薄な元カノの話もあった。

「重さで言ったら、渡会もだいぶ重いけどな」

精神的に重い彼女と付き合っていた過去を持つ守崎は、自身の話の途中でそんなことを言い出した。

「元カノが？」

話の流れで元カノの性格かと思ったが、守崎は首を左右に振った。

「いや、渡会自身が」

「へぇ」

「別に普通だけど」

視線を向けた先の渡会は、心外だと言うように肩をすくめた。

「重いっていうか、嫉妬深いというか」

「隙がなくて逆に怖いらしいよ」

仲里と堀田は、コソコソ話をする素振りで俺にささやきかけてくる。

渡会は尽くしたいタイプの人間らしい。たしかに、思い当たる節《ふし》は今日を思い返すだけで山ほどある。

「あと、勘違いさせてくるっていう十代女性からの口コミもありました」

「レビューみたいに言うなよ」

ふざけてからかう仲里に、渡会は溜め息をついた。

ちなみに、俺はそのレビューを今日体験していた。さりげなく手を繋いだり、逆に名残惜しそうに手を離したり、気遣いも含めればキリがない。

「俺の話終わり」

ヘソを曲げてしまった渡会は、ポスンと枕に頭を預けた。抗議の声が上がったが、答える気はないらしい。

「えっと、じゃあ、好きなタイプは？」

みんなの意識が逸れるように口を挟む。

もっと舵《かじ》を切って全然違う話をすれば良かった。でも、好きを語るだけなら誰も傷つかないだろう。

修学旅行の夜は、まだまだ長引きそうだ。

修学旅行：二日目

朝か。きっと朝なんだろうな。

頭で理解しても、体は鉛《なまり》のように動かない。まだ夢の中に浸っていたくて、目の前の何かに縋《すが》る。

まだ起きたくない。あと二時間は寝たい。

「日置、日置起きろって」

そんな俺の願いも虚しく、周りの音が騒がしくなり、体を揺さぶられた。

やっと重い瞼を持ち上げると、眩しさでグッと眉間に皺《しわ》が寄る。

しかめ面をして数秒。ボヤける視界を瞬きで整えた。手探りで眼鏡を探せば、そっと手を取られ、手のひらに細いフレームの感触を得た。

「起きた？　おはよ」

クリアになった視界の先で、渡会が柔らかい笑みを浮かべていた。開け放たれた障子から差し込む朝陽と相まって、すごく眩しい。

「日置！　おはよう！　遅い！」

突然背後から飛んできた大きい声に、肩を跳ねさせ振り返る。そこには仁王立ちの学年主任が、どっしりと構えていた。

「……え、あ、おはようございます。すみません」

状況が理解できないまま、慌てて挨拶と謝罪を返す。周りには、まだ起きない仲里と守崎に手を焼いている、担任と堀田の姿が見えた。

そういえば、朝の巡回時間を確認していなかった。運が悪くも、俺たちはその時間前に起きることはできなかったようだ。

のろのろと洗面所へ向かい、身支度を整える。客間に戻ると、仲里と守崎はやっと起きたようで、学年主任と担任から軽くお叱りを受けていた。

疲労の滲んだ教師陣を見送り、緊張が解けた俺は、また布団に突っ伏した。寝ようと思えば寝れる。

「おっ、朝陽すげーな」

堀田の声に、ピクリと体が反応する。彼の目線を追って立ち上がると、窓の外を見た。

この旅館が建つ土地は、住宅街より高い。目を凝らせば海も見える。昇ってきた太陽に、キラキラと照らされる街並みは美しいものだった。

「朝陽綺麗だな」

「朝陽とか朝焼けが一番綺麗だと思う」

「写真撮っとこ」

窓際に集まっている仲里と堀田と守崎は、目の前の景色に感嘆の声を漏らした。

「日置もこっち来なよ。朝陽すごい綺麗……日置？」

こちらを振り返った渡会の表情は、困惑が混ざっていた。他の三人も渡会の反応に疑問を持ったようで、同じように振り向き、同じように戸惑いの表情を浮かべた。

それもそうだ。
だって、俺の顔が赤くなっているのだから。
いたたまれずうつむくと、手で顔を覆い隠した。理由も理由なので余計に恥ずかしい。
しばらくして畳を擦る音が聞こえ、肩に優しく手が触れた。
「どした？　体調悪い？」
渡会の声に弱々しく首を振った。
「やっぱ先生に言ったほうが……」
あまりにも様子がおかしい俺に、堀田も口を開く。
微妙な空気にしてしまった自分に、恥ずかしさよりも罪悪感が勝った。
うつむいたまま、顔を覆っていた手を剥《は》がす。きっと、まだ顔は赤いままだろう。
誰もからかうことなく、俺の言葉を待っていた。
そうか。やっぱ言わなきゃダメか。ダメだよね。

「……………………から」

静かな部屋に落ちたとは思えないほど、か細い声だった。

「ん?」

渡会がそっと手を握ってくれる。

「……………………だから」

「いいよ、ゆっくりで」

どうしても小さくなってしまう声を、四人は辛抱強く待ってくれた。

言ってしまえ。あとのことはその時考えろ。

意を決して、小さく息を吸う。

「……お、俺の……名前が、………朝陽《あさひ》だから」

口に出せたのは良いものの、改めて言葉にするとアホらしい。

つまりはこうだ。俺の名前は朝陽。四人が朝陽が綺麗だとかなんとか言うから、寝起きの脳は勝手に褒め言葉として受け取ってしまったわけだ。

危惧《きぐ》していた通り、俺と四人の間に、しばらく沈黙が流れた。

どうしよう。「なんちゃって」とか言ってみる？　あんなに恥ずかしがって心配させたあとなのに？　窓から突き落とされる未来しか見えない。

本当にどうしよう。誰か助けてくれ。

「なにそれ、可愛い」

「え」

思いもしなかった言葉に、反射的に顔を上げた。けれど、状況を理解する前に、いつの間にか渡会の腕に抱き締められていた。

「焦ったー！　もっと深刻なことかと思った」

「俺も、持病とかそっち系の」

「無駄に緊張したわ」

渡会の腕の中で、彼の肩越しから仲里と堀田と守崎を窺う。三人とも、胸を撫で下ろして笑っていた。

何の奇跡か、軽蔑《けいべつ》は免《まぬか》れたようだ。なんていい奴らだ。

心優しいグループメンバーの反応に冷静を取り戻し、渡会から体を離した。

物理的にも水に流してこよう。タオルを手に取ると、火照った体を冷ますため、また洗面所へ向かった。

「皆さん、おはようございます！　よく眠れましたかね？　かなりリラックスしすぎていた生徒もいたようですが」

大広間に学年主任の声が響く。チラッと向けられた視線に、俺たちはいろんな方向へ顔を逸らしてしまった。動じずにいれば良かったものの、これでは〝自分たちのグループです！〟と自白しているようなものだ。

修学旅行二日目の朝食は和食だった。昨日の新幹線で食べた幕の内弁当と似たような献立だけど、できたての温かいご飯は格別に違う美味しさがあった。

普段より豪華な朝食を堪能する中、同じグループの彼らは浮かない表情で箸をすすめていた。

その理由はなんとなく分かっていた。おそらく四人が懸念している、今日のビッグイベント。

「そんな嫌なの？　自由行動」

同じタイミングで、四つの頭が縦に揺れた。

自由行動は女子のグループと一緒に回ることになっていた。顔面優良物件が揃うこのグループとの行動権を勝ち取った女子グループは、それはそれは嬉しそうに盛り上がっていたのを思い出す。

そこまでテンションを下げなくてもいいのでは……と思ったが、昨夜の恋バナ（という名の傷えぐり大会）を聞いたあとだと、彼らが肩を落とす理由も納得できてしまった。

「ずっと先生が監視してるわけじゃないし、集合時間決めて解散すれば？」

「……一理ある」

短く答えて黙り込んだ仲里は、口に含んだ白米と俺の言葉をやっと咀嚼《そしゃく》できたようで、急に「それだ！」と表情を明るくした。希望が見えるやいなや、仲里を筆頭に、この場の雰囲気も元気を取り戻した。

俺たちが自由行動で向かう場所は、最近テレビでも取り上げられたテーマパーク。新設されたばかりで、今のところ評判も良い。

「日置はジェットコースター無理なんだよな」

朝はあまり食べない派らしい守崎は、そう言いながら箸を置いた。

守崎が言った通り、俺は絶叫系が苦手だ。だから、留守番係をする予定。

肯定するように頷くと、彼は小首を傾げた。

「何なら乗れそう？」

「激しくなければ乗れるけど」

「じゃあ、俺らがいない間、メリーゴーランド乗ってれば？」

「嫌だよ」

首を振れば、何を楽しみに行くのか不思議そうに見つめられ、思わず目線を逸らす。

実は、行き先を決める時にテーマパーク以外の候補も上がっていた。絶叫アトラクションが乗れないと言う俺に、四人は行き先を変えようと気を遣ってくれたのだ。けれど、「行けば楽しめる」という自信を武器に、なんとか説得をした。

自分の都合だけで、グループの雰囲気を壊したくなかった、というのは建前《たてまえ》で。本当は女子の圧力を感じたから。全くもって自分の意思ではない。

「はい、皆さん食べ終わりましたか？　今日もたくさんスケジュールが詰まっていますが――」

待ち時間の潰し方を考えていれば、学年主任の声が耳に届いた。もう朝食の時間は終わってしまったようだ。今日は別のホテルに泊まるので、ここの旅館で食事をするのはこれで最後。そう思うと、少し寂しい気がした。

昨晩とは違い、出入り口が空く前に席を立つと、昨晩と同じく、渡会が隣に並んだ。

「今日は二人で前の席に座ろ」

「いいけど……三人はそれでいいの？」

「さぁ？　いいんじゃない」

渡会は軽く返事をして、クルッとうしろを振り返った。

「今日のバス、俺と日置で座るから」

提案ではなく報告をした渡会は、それだけ伝えてまた前に向き直った。文句が飛んでこないということは、見事了承を得たのだろう。

女子の隣決定戦のジャンケンをしているのか、背後から阿鼻叫喚《あびきょうかん》が聞こえてくる。仲里の悲痛の叫びに苦笑を溢すと、ふと疑問が浮かんだ。

俺の隣は楽しいのだろうか。

基本的に話しかけられたら答えるし、俺からも何かあれば声をかける。何もなければ何もしない。ただそれだけ。会話が面白いわけでもない。

考えれば考えるほど、謎である。

隣を歩く渡会を見上げれば、視線に気付いた彼は、端正な整った顔をこちらに向けた。

聞いてみようか。俺の何がいいの?って。

「…………」

いや、やっぱ無理。面倒くさい恋人かよ。

結局口には出せず、代わりに別の言葉を口にした。

「楽しみだな」

「うん」

隣からは嬉しそうな返事が聞こえた。

旅館のスタッフに見守られ、バスは発車した。道路の角を曲がるまで手を振ってくれるスタッフに、控えめに手を振り返し、見慣れない街道へと目を移す。

昨夜は雨だったが今日は快晴。雨の名残を留める地面を、太陽が水面《みなも》のようにキラキラと照らしていた。

「そういえばさ、日置は休日とか何してんの？」

窓の外を眺めていると、渡会が声をかけてきた。

彼の質問に、意味もなく「んー」と唸る。熱中している趣味がないから、コレ！という回答ができない。何かないかと最近の休日を思い返した。

「姉の荷物持ちとか、出掛けることが多いかも」

「へぇ、お姉さんいるんだ」

「上に二人」

「あー……だからか」

まるで知っていたかのような口振りだった。

「なに？」

「いや、こっちの話」

一人で納得した様子の渡会は、ニコリと微笑む。

なんだよ、気になるな。

彼はたまにこちらがモヤモヤするような言動をしてくる。昨日、手を繋いで廊下を歩いていた時もそうだ。突き止めようとしても、黙ってこちらが折れるのを待つ。

ずるい。ずるすぎる。顔が良いからって何でも許されると思うなよ。

「渡会は兄弟いるの？」

仕返しにはならないが、俺も質問を投げた。

「いるよ、弟。十個下だけど」

「あー……だからか」

だから世話焼きなのか。かいがいしく介抱された理由に合点がいく。

「なんだよ」

「何でもない」

先程の渡会を真似するように、ニコリと微笑んだ。結果的に、仕返しができたようだ。せいぜいモヤモヤしてくれ。

俺がくだらない意地を張っていると、誰かの叫ぶ声が耳に届いた。

「シカだ！」

……なんて？　シカ？　シカってなんだ？　あの鹿か？

ある生徒の一声で、クラス全員が窓際に貼りつき、道路を覗き込んだ。俺も気になって窓に顔を寄せるが、この席からは鹿らしいものは何も見えない。

「あ、いた」

隣の渡会がポツリと言った。窓から顔を上げて振り向けば、彼は通路側に頭を倒していた。

そっちか。好奇心が赴《おもむ》くまま、通路側へ身を乗り出した、瞬間——、
ゴチンッ。

「「いっ……」」

上体を戻そうとした渡会のおでこと、俺の頭がぶつかってしまった。お互いに額を押さえて唸る。

これは俺が悪い。

「ご、ごめん」

「こっちこそごめん」

鹿の存在も忘れ、席に座り直して渡会を窺った。前髪に隠れているが、ぶつかったおでこは、うっすら赤くなっている。

痛みがなくなるわけでもないのに、罪を償《つぐな》うように赤く色づいたおでこに手を伸ばした。

イケメンを傷つけてしまった罪って、懲役《ちょうえき》何年だろうか。よりによって顔だ。終身刑かもしれない。さよなら俺の人生。

「もういいって」

くだらないことを考えながらおでこを撫でていると、渡会は珍しく照れた表情で俺の手首を掴んだ。

「ごめん」

もう一度謝罪を口にし、手を引っ込める。

子供扱いされて恥ずかしかったのかもしれない。何から何まで、すまん。

「俺が武士だったら切腹してた」

「そこまでしなくていいだろ」

覚悟を込めた言葉を捧げれば、渡会は声を上げて笑った。

修学旅行二日目の午前。たくさんの鹿に囲まれていた。

「そろそろ本堂に移動するよ～」

担任の声が辺《あた》りに響いた。その声を合図に、残りの鹿せんべいを手当たり次第目についた鹿に与える。

「そういや、違う学校も来てるんだな。制服見たことないけど」

観光客や鹿で溢れかえる街道を器用に避けながら、堀田が周りを見渡した。

たしかに、知らない制服の生徒が点々といる。どこの学校だろうか。

「前見てないとぶつかるよ」

他校の生徒に気を取られていると、腕を引かれた。

「ごめん。人多いもんな」

「いや、鹿に」

「鹿に……」

渡会の言葉を復唱する。進行方向には、鹿が数頭佇《たたず》んでいた。当たり前だが鹿は人語を喋らないし、気を遣って対向者を避けることもない。

渡会が腕を引いてくれなければぶつかっていた鹿に会釈をする。偶然なのか、鹿もペコリと立派な角を下げた。賢い彼（?）となら意思疎通はできそうだ。

鹿エリアを抜け、迫力のある大きな門をくぐれば、そこには目を見張るほどの美しい庭園が広がっていた。

「広いな」

「あ、池に鯉《こい》いる」

「鯉の餌とかねーの？」

「てか撮影ＯＫだっけ？」

見かけによらず、庭園を楽しんでいる四人。失礼だけど、こういう観光メインの場所には興味がないと思っていた。

撮影許可がおりた途端、写真を撮りまくる彼らのうしろ姿を眺めながら、俺もスマホを取り出した。

手入れの行き届いた風景にすっかり夢中になっていると、遠くから名前を呼ばれた。声がした先で、仲里が手招きをしている。いつの間にか、四人との距離が開いていたようだ。

スマホをポケットに突っ込み、急いで彼らの元へ向かった。その道中、他校の生徒とすれ違った。華やかな白のセットアップや、凝った刺繍のエンブレムから私立高校だと窺える。

「朝陽？」

すれ違いざまにかけられた女子の声。久しぶりに聞いた声に、急いでいた足が止まる。

「やっぱ朝陽だ！」

振り向いた先にいた女子生徒は、パッと顔を明るくした。そのまま、艶《つや》のある長い黒髪をなびかせて駆け寄ってくる。

彼女は中学の同級生、池ヶ谷《いけがや》杏那《あんな》。恋愛相談に乗っていた女の子だ。

「一年ぶりくらい？　背伸びたね」

変わらない彼女の様子に、懐かしい感覚が蘇る。

「まぁね、杏那も修学旅行？」

「そうそう」

「見ない制服だけど、高校どこ行ったの？」

「あー！　わたし県外の高校受験したんだよね。この制服が着たかったの！」

池ヶ谷は嬉しそうに顔をほころばせ、体を左右に振って華やかな制服を見せびらかせてきた。

「どう？　似合う？」

「……似合ってるよ」

「分かりやすい嘘つかないでよ」

なぜバレる。

正直、制服にこだわりはないので気持ちは分からない。それでも、お世辞を言えただけ褒めてほしい。

「そんなんじゃモテないよ」

「余計なお世話――」

「日置！　集合写真撮るから早く来いって……」

池ヶ谷に返そうとした言葉は、焦った声にかき消された。

振り向けば、少し息を切らした渡会が立っていた。

「あっ！　ごめん」

完全に、急いでいたことを忘れていた。しかも、迎えに来させてしまった。本当に申し訳ない。

すぐに切り上げようと池ヶ谷に向き直ると、急いでいたはずの渡会が先に口を開いた。

「友達？」

「え……あ、そう。中学の友達」

思わずぎこちなく頷き、池ヶ谷を見る。彼女はポカンと渡会を見つめたまま、ポツリと呟いた。

「ヤバ。ガチのイケメンじゃん」

心の声が漏れてしまったようだ。

そんな夢心地の表情を浮かべる池ヶ谷をよそに、続けて迎えに来てくれた守崎と仲里も到着してしまった。案の定、彼らを視界に入れた池ヶ谷は、また心の声をダダ漏れにしていた。

「おい、マジでそろそろ行かないと」

ただ一人、最後にやってきた堀田だけは違う反応を見せた。

「堀田くん！」

「おー、池ヶ谷じゃん。久しぶり」

「久しぶり！　元気だった？　あれ、堀田くんと朝陽って仲良かったんだ」

「この修学旅行でね」

「へー、何がキッカケだった——」

「杏那、悪いけど俺らもう行かないと」

会話が長引くことを察知し、慌てて口を挟んだ。俺が原因だけど、さすがに戻ったほうがいいだろう。

池ヶ谷は会話を邪魔されて不満の声を上げたが、自分も修学旅行中だと思い出したのか友達を振り返っていた。

「じゃ！　また！　お邪魔してごめんなさい」

艶のある黒髪がひるがえる。

「朝陽ー！　また連絡するから未読無視やめてよねー！」

人混みをかきわけて元気な声が響いた。おそらく、渡会たちのことを満足するまで聞いてくるのだろう。面倒だな、未読無視しようかな。

「マジでごめん、行こう」

四人に声をかけ、クラスメイトが集まる場所へ向かう。そこには、腕を組んだ担任が待ち構えていた。

「遅い！　まだカメラマンさん来てないからよかったけど……何してたの」

「あ、えっと、女の子助けてました」

面倒ごとを回避したい俺は、咄嗟《とっさ》に嘘をついた。

担任は訝《いぶか》しんだ目で、うしろに並ぶ四人にも「本当？」と首を傾げた。彼女の隣で、ひそかに圧をかける。頼む、首を縦に振ってくれ。

要望通り、四人は顔を見合わせて頷いてくれた。担任は黙って俺を見つめていたが、しばらくして「やるじゃん」と言って腕を小突いた。

嘘を褒められてしまった。罪悪感はあるけど、怒られるよりはマシ。

到着したカメラマンの元へ向かう担任を見送り、四人のほうへ向き直る。

「ありがと。助かった」

「貸しイチな」

守崎は人差し指を上に向け、意地悪な笑みを浮かべた。

今回ばかりは俺のせいだし仕方ない。渡会に関しては、昨日からの迷惑料を含めると、貸し十個じゃないと釣り合わないかもしれない。

「写真撮るよ〜！　並んで〜！」

カメラマンの横で担任が手を挙げた。

刻一刻と時間が過ぎる。気がつけば、今日のビッグイベントまで一時間を切っていた。

「四時間後にまたこの駅に集合してね、それでは解散！」

さて、自由行動が始まってしまった。

俺たちのグループ以外にも何組かテーマパークに行くらしく、入場ゲートに向かう街道には、同じ制服の生徒があちこちに見えた。

心配していた四人も解散直後は浮かない顔をしていたが、テーマパークが近づくにつれて活気を取り戻していた。

「ホットドッグ食べたいな」

「俺はチュロス食べたい」

「やっぱ、ポップコーンでしょ」

堀田と仲里と守崎は、歩きながら堂々とスマホを覗き込んでいた。

今の時間は正午近い。食べ物の話題になるのも当然だった。

「ねぇねぇ、私たちお化け屋敷に行きたいんだけど、一緒に来てくれない？」

いきなり割って入ってきた、女子グループの一人の声。

「え、入り口解散・入り口集合じゃダメ？」

仲里の返答に、女子たちは顔を見合わせて言葉を続けた。

「テーマパークは人気だから先生も巡回するっぽいし～、見つかったら怒られちゃうよ～」

「そうだよ！　お願い！」

手を合わせて上目遣いで訴えてくる。

そういえば、先生の存在をすっかり忘れていた。別行動が見つかって、学年主任と仲良くコーヒーカップに乗る刑になったらどうしよう。

「いいよ。お化け屋敷くらい」

誰もが押し黙る中、意外にも口を開いたのは守崎だった。

どうした。どんな風の吹き回しだ。

一番拒否しそうな守崎の発言に、渡会と堀田と仲里も驚いた表情をしている。

この短期間で大人になった守崎に感心していると、

「その代わり、お前らが先歩けよ」

とても男らしくない発言をしていた。もちろん、女子からは非難殺到だ。

守崎は異議を唱える女子に怪訝な顔を向けているが、それはそうだろう。女子たちはお化け屋敷に本当に行きたくて言っているわけではないのだから。

結局、女子の熱意に負けてお化け屋敷へ行くことになった。誰にも言っていないけど、ホラー系も得意ではない。知られたら、からかわれるだろうし、そもそも行かないと思っていたから誤算だった。

お化け屋敷の対策を練っていれば、いつの間にか入場ゲートに到着していた。パーク内に足を踏み入れると、愉快な音楽が迎えてくれる。

「ミミ付けようぜ！」

テンションの上がった仲里は、近くのショップを指差した。彼の背中に続き、ゆったりとした音楽が包む店内へ足を踏み入れる。

「日置はコレ」

綺麗に整頓されたオリジナルグッズを眺めていると、渡会が一つのカチューシャを俺の頭に被せた。近くの立ち鏡を覗けば、淡い茶色にところどころ柄のついたミミが頭に生えている。茶トラ猫がモチーフのようだ。

渡会も赤茶色のミミを身につけ、鏡越しに首を傾げた。

「どう？」

「似合ってるよ」

そう伝えれば、嬉しそうに顔がほころぶ。

他の三人も選び終わったようで、堀田は犬のミミ、仲里はクマのミミ、守崎は黒猫のミミを頭に生やしていた。

ショップを出て向かうは、さっそく売店……ではなく、空腹より思い出作りの彼らは写真を撮り始めた。満足するまで彼らの撮影会に付き合い、ようやく売店を目指す。

その道中、キャストにたくさん声をかけられた。さすがはテーマパーク。盛り上げ上手なキャストの歓迎に、自然とこちらの気分も高揚《こうよう》する。

売店で買ったホットドッグを手に、テラス席に座ると、ちょうどパレードの時間になったようだ。名前の知らないキャラクターの着ぐるみや、楽器を持ったパフォーマーが行進してきた。

パーク内に盛大で華やかな音が広がる。周りのゲストも手を振ったり、手拍子していたりと、とても賑やかだった。

盛り上がるパレードに気を取られていると、トンと肩を叩かれる。

「ケチャップついてるよ」

振り向いた先で、渡会が自身の口の端を指し示していた。ペロッと舌を出してみるが違ったようで、彼は頰を緩め「逆」と笑った。反対側に舌を出すが、拭えた気はしない。

諦めて紙ナプキンに手を伸ばすと、先に渡会がティッシュで拭ってくれた。

あ、これ子供っぽいな。

恥ずかしさに他の三人を窺う。幸いにも、三人ともパフォーマンスに見入《みい》っていて、こちらのやり取りに気づいている様子はなかった。

少し物足りない昼食を済ませ、早速ジェットコースターへ向かう。食後にハードなアトラクションは出るもん出そうだと他人事に思ったけれど、そこは若さで何とかなるのだろう。

「マジで一人で平気？」

「巡回の先生に見つかんなよ」

「ちょっと待ち時間長いかも」

まるで、初めて留守番を任される子供のようだった。

仲里と守崎と堀田の心配する声に頷けば、女子たちの呼ぶ声が聞こえた。

「何かあったら連絡して」

渡会もそう言い残し、待機列に向かった三人の背中を追った。

待っても三十分くらいだろう。のんきにパンフレットを開き、ジェットコースター周辺のエリアを眺める。

マップの上を泳いでいた目は期間限定のシェイクに魅了され、そこを目指した足は……ズボンを引っ張られる感覚によって止められた。

なんだ、変質者か？

ここは人通りが少ないわけではない。むしろ、ジェットコースターの前だから多いほうだ。

大胆にも程があるだろ。そう思いながら振り向くが、そこには誰もいなかった。それでも、ズボンを引っ張られる感覚は続いている。下から。

目線を下げると、小さな男の子が俺のズボンの裾を握って立っていた。

「まま……」

「人違いですけど……」

子供相手に敬語になる。

おそらく迷子の彼は、今にも泣きだしそうに顔を歪めた。

これは……一緒に探してあげたほうがいいよな。待ち時間暇だし、探してあげるか。

念のため、グループチャットに一報入れようとしたが、男の子は待てないのか、また俺のズボンを先程より強い力で引っ張った。

やめてくれ。こんなところで大衆にパンツを晒《さら》したら、俺が変質者になってしまう。

諦めてスマホをしまい、ズボンを押さえながら男の子の目線に合わせてしゃがんだ。

「だっこ」

話しかけるより先に、むちっとした腕が首に回る。どうやら、そのためにズボンを引っ張っていたらしい。

子供を抱っこした経験などなく、おろおろしながら男の子の両脇に手を差しこみ持ち上げた。見た目より重たい男の子は、高くなった視点で首をキョロキョロと動かした。

「どっから来たの？」

「おうち」

「あー……そうじゃなくて。ママはどこでいなくなっちゃったの？」

「あっち」

男の子は奥のエリアを指差した。

情報の少ないナビを信じ、彼の示したエリアを目指す。一方、男の子は俺のカチューシャが気になるようで、ジッとミミを見つめていた。あげくの果てには、小さな手が頭に伸びた。

「あ、ダメだろ」

地面に転がり落ちたカチューシャを追ってしゃがみこむ。男の子は降ろされたことが不満だったらしい。目に涙を溜めて俺の脚に巻きついた。

「だっこー！」

ついにはぐずりだしてしまった。手を広げて迎えれば、すぐに首に腕を回してくる。ちょっと可愛い。

男の子をあやしているうちに、彼の言っていたエリアに到着した。男の子と同じ年齢の子供たちが、小さい機関車に乗ったり、仕掛け噴水でずぶ濡れになったりしている。

服の色も髪の長さも何もヒントはないが、とにかく、焦ってウロウロしている女性を探した。けれど、母親らしき人は見つからない。

仕方なくインフォメーションに向かうことにした俺は、パンフレットを開くため、空いていたベンチに男の子を座らせた。予想通り、彼はまたぐずりだす。

迷った末、男の子を膝の上に乗せてパンフレットを開いた。男の子はコアラのようにしがみついている。隣に座っている夫婦に、なごやかな笑みを向けられて恥ずかしい。

インフォメーションの場所は、ここからだいぶ距離があった。というか、ほぼ反対側の入場ゲートの方面だ。最初からそっちに向かえば良かった。

男の子を抱え、パーク内を練り歩く。俺の腕の疲れなどつゆ知らず、男の子は相変わらずキョロキョロとせわしなく首を動かしていた。そんな彼を見つめ、ふと思う。

どうして俺を選んだのだろう。

「俺の何がいいの？」

渡会には聞けなかった質問は、子供相手にはいとも簡単に口にできた。

「まま……」

「俺はママじゃない」

返ってきた答えは、何の参考にもならなかったけど。

人混みを縫《ぬ》って歩いていると、目的地のインフォメーションが見えてきた。

「そろそろ着くよ」

男の子に声をかけるが反応がない。聞こえてくるのは、規則的な呼吸だけ。途中から静かになったとは思っていたけど、まさか寝ていたとは。場内アナウンスをするには、名前と住所が分からないとダメだろう。

男の子を軽く揺すったり、背中を叩いてみるが、起きる気配はまったくない。

腕の限界が近い俺は、音を上げる筋肉を叱咤《しった》してインフォメーションのドアを開けた。そこには、スタッフと話し込む一人の女性がいた。

「あ」

俺に気付いたスタッフが声を上げる。女性もスタッフの反応を追うように振り返った。彼女はこちらを見るなり、安堵の表情を浮かべ、パタパタと駆け寄ってきた。

「その子うちの子です！　すみません！　どこにいましたか？」

「えっと、ジェットコースターのところで会いました」

「ありがとうございます……！　急にいなくなってしまったもので」

母親は涙を浮かべ「良かった」と呟いた。

「すみません。寝てしまったのですが……」

男の子に目を向けると、母親は困ったように笑って手を伸ばした。その瞬間、体を動かされる感覚に目が覚めたのか、男の子はいきなり寝起きとは思えない大声で泣き出した。俺の服を強く握り締め、引っ張ってくる。

なぜかパニックになっている男の子に、母親も困惑していた。

男の子はなかなか泣きやまない。すっかり困り果てていると、制服のポケットに入れていたスマホが振動した。着信を告げるそれに、今の自分の状況を思い出す。

まずい、今どれくらい経ったんだ。しかも、グループチャットに何の連絡も入れないまま、ここまで来てしまった。

「すみません……！　一旦このまま電話出てもいいですか？」

「はい！　全然構いません！　ご迷惑をおかけしてしまいすみません」

母親はバッと頭を下げた。

俺ももう一度頭を下げ、泣いたままの男の子を抱えてスマホの画面をスライドした。

「もしも……」

『日置！　今どこいんの⁉』

画面の向こうから、切羽詰まった渡会の声が聞こえてくる。

「ごめん、迷子届けに来てて」

『迷子？　今迷子センターいんの？』

「そう、でもちょっと離れたくないみたいで」

『……分かった。今からそっち行くから絶対動くなよ』

プツリと通話が切れた。

怒ってるかな。怒ってるよな。

チャットルームには、仲里たちからもメッセージが届いていた。渡会に関しては、毎分おきに通知が入っている。

罪悪感に、自然と溜め息が溢れた。

ぐずる男の子を抱えて数分、ドアの開く音がピリつく空気を裂いた。

出入り口に立つ渡会と目が合う。息も上がって髪も乱れているが、それさえもスタイリングされているように見えて眩しかった。

「今ってドラマの撮影やったっけ?」

「あかん、惚れてまうとこやった」

受付の女性スタッフの声が耳に届いた。

イケメンはなんでも味方につけてしまうんだな。場違いに感心していると、渡会は男の子を一瞥《いちべつ》したあと、こちらに近付いてきた。

「触れてもいいですか?」

俺の隣に腰を下ろした渡会は、母親に声をかけた。

「え……?　あ、はい!」

突然現れたイケメンに魅入っていた母親は慌てて頷く。触れるのは母親ではなく子供のほうだが、彼女はもちろん、受付スタッフまで頬を真っ赤に染めていた。

寄せられる甘い視線を気にも止めず、渡会はそっと男の子の頭を撫でた。男の子はバッと顔を上げると、目に大量の涙を浮かべて泣きの姿勢に入る。

渡会はすぐに話し出さず、男の子の目を見て微笑み、大きな瞳から溢れた涙を優しく拭った。

「一人でよく頑張ったね」

彼の振る舞いは、ドラマのワンシーンのようだった。

「もうお母さん来たから、大丈夫だよね」

渡会の言葉に、男の子がキョトンとした表情を浮かべた。小さな頭で一つ一つ、状況を読み込んでいるようだ。男の子は渡会を見て、俺を見て、そして恐る恐るうしろを向いた。

「ママ!!」

今までの態度が嘘のように、男の子が母親に飛びつく。

どうやらパニックになって泣き出したのは、母親を知らない人だと勘違いしたからのようだ。ずっと俺にしがみついていたうえ、ろくに顔も確認できず、母親の声も自身の泣き声でかき消していたので、誤解が続いていたらしい。もはや、奇跡の重なり合いだ。

俺もアトラクションに乗ったくらい疲れた。

まだ少しだけ手続きがある親子をあとにして、俺の迷子救出チャレンジは幕を閉じた。


迷子を助けたからと言って、俺の失態が帳消しになるわけではない。

隣を歩く渡会を見ることさえできない。

（……気まず）

口を開けば言い訳にしかならない現状に、適切な言葉を探していると、先に話を切りだしたのは渡会だった。

「先生たちには、日置がいなくなったこと言ってないから安心して」

「…………え」

予想外の発言に思わず顔を上げる。

「怒ってないの?」

怒られると思っていた。迷惑をかけまくっているから……特に渡会には。

「少し焦ったけど、無事だったからもうなんでもいい」

「え、あ、……そ、な」

やばい、日本語飛んだ。

たまに忘れそうになるけれど、俺と渡会は元々親しい間柄ではない。この修学旅行で少しずつ距離が縮まっている程度の、友達と呼んでいいのかすら分からない関係。

なんでそんなに気にかけてくれるのだろう。

なんでそんなに優しいのだろう。

なんで俺なんだろう。

「俺の何がいいの」

口から漏れた言葉に自分で驚く。

修学旅行は明日もある。ここで亀裂《きれつ》が入ったら、気まずいどころではない。

それでも出てしまった言葉は戻せない。

「さぁ？　なんだろ」

俺の心配をよそに、渡会は首を傾げて笑った。

え、そんな感じなんだ。

俺が思っている以上に、彼の気遣いは気紛れらしい。

自分の考えすぎだと気付けば、ふっと肩の力が抜けた。


「まったく、日置はすぐいなくなるんだから～」

「せめて連絡くらい入れろよな～」

仲里はわざとらしく唇を尖らせ、堀田は大げさに手に持っていたスマホの画面を叩いた。

「マジで大変だったよ。渡会が」

守崎が目配せで伝えると、視線を受けた渡会は怪訝そうに顔を顰めた。

本当に申し訳ない……とはいえ。もちろん反省は大前提として、もし、連絡を入れていた場合は、俺が下着を晒した変質者として彼らの前に戻ってくることになっていたけど、それはそれでいいのだろうか。絶対ネタにされるから言わないけど。

葛藤を墓場まで死守することを誓えば、ジェットコースターで乱れた髪やメイクもろもろを直した女子たちが戻ってきた。

「ね、お化け屋敷行こ！」

忘れてた。そういえばそんな話だったか。

悲しいことに、ジェットコースターと近かったお化け屋敷は、すぐにたどり着いてしまった。

よくある廃病院をモチーフにしたそこは、外観から気合いが入っており、館内から聞こえてくる悲鳴がさらに恐怖を引き立てていた。

「ではお気をつけて～」

脱落者が多いのか、最悪なことに順番は秒で回ってきた。実際、数十分は待っていたが、心の中で十字を切っていた俺にとっては、一秒と変わりない。

討論の末、男子が先陣を担うこととなり、懐中電灯を持っている仲里を先頭にぞろぞろと暗い館内を進んだ。

視界に映る全てが怖い。開け放たれた扉の向こうはカーテンで締めきられ、人間のような影が蠢《うごめ》いてる。「手術中」とランプのついた部屋からは、呻《うめ》き声が聞こえてくる。

膝を震わせながら歩いていると、突然背後からギィ……とドアの開く音が聞こえた。恐る恐る振り返るが、黒い影がいるだけでよく見えない。

仲里が手にしていた懐中電灯を向けた。

そこには、首があらぬ方向に折れ曲がった人（？）が立っていた。「ぁ」とか「が」とか、わけの分からない声を漏らしている。

恐怖の沈黙、三秒。急に首がぐるんと一回転した。そして、あろうことか俺たちに向かって駆けだした。

「キャー!!」

女子の悲鳴と共に、その場の全員が駆けだした。もう順番はぐちゃぐちゃだ。

無我夢中で長い廊下を走った。足元が暗くてよく見えない。仲里が持っている懐中電灯と、時折点滅する照明だけが頼りだ。

バァンと破裂音が耳をつんざいた。顔を上げれば、暗い館内に一筋の光が見えた。その光に向かって夢中で走る。

いつの間にか、出口を駆け抜けていたようだ。辺りは暗い館内ではなく、賑やかなパーク内に変わっていた。

整わない呼吸を落ち着かせるように、深く息を吸う。

「日置大丈夫？」

大丈夫ではない。それでも、渡会が持ってきてくれた自分のショルダーバッグを背負い、コクリと頷いた。

「あと一つくらい乗れそう」

恐怖を味わった人間とは思えない淡々とした口調で、堀田が腕時計を見ていた。俺はもう帰りたいよ。

自由時間終了まで残り三十分。今から乗れて、あまり並ばないもの。

周りを見渡せば、馬と目が合った。

そう、メリーゴーランドだ。

キラキラと光沢を放つ馬にまたがり、ポップな音楽に身を任せる。

メリーゴーランドなんて久しぶりに乗った。

「日置、こっち見て」

隣の馬に乗っている渡会が、スマホを構えていた。咄嗟にピースを向けるも、いつまで経ってもレンズは下がらなかった。

「これ動画」

早く言ってよ。動画は写真より何をしたらいいか分からない。

したり顔の渡会に怪訝な目線を送ると、彼は笑みを溢してスマホに向き直った。

やられっぱなしは性に合わず、俺もスマホを取り出し、四角い枠に渡会を閉じ込めた。傾きだした夕陽は、彼の形の良い横顔を照らしていた。

「外カメあんまり盛れないんだけど」

撮られていることに気付いた渡会は、困ったように笑った。

「いつでもかっこいいよ」

素直にそう伝えると、彼は照れたように耳を赤く染めた。


楽しい時間はあっという間に過ぎる。

退場ゲートに向かう頃、仲里がポツリと呟いた。

「楽しかったな～」

その言葉に全員が頷いた。

そういえば、お土産を見ていなかった。けれど、ゆっくり見ている時間はもうない。

また来ればいっか。

ゲートをくぐると、馴染みのある街並に目を眇《すが》める。

ただいま、現実。

ホテルに着くまで、バスの中は誰かの寝息が聞こえるほど静かだった。クラスメイトは全員、自由行動を存分に楽しめたようだ。

隣の渡会も珍しく眠っている。いつもは大人っぽい彼だが、寝顔は年相応のあどけなさを見せていた。

「はい、皆さん起きてくださ い〜！　そろそろホテルに着きます。寝てる子がいたら起こしてあげてね」

担任の声がバス内のマイクを通じて響き、静かだった空間に音が溢れ出す。

さわがしくなる音をものともせず、眠り続ける渡会。体を揺すると、グッと眉間に皺が寄り、ゆっくり瞼が上がった。

「おはよ」

「…………はよ」

まだ眠いのか、ボーッと俺を見つめていた瞳は、また瞼の裏に隠れてしまった。徐々に速度を落とすバスに、夢の中に戻る彼を慌てて叩き起こした。

「仲里君のグループちょっといい？」

ホテルへ向かう道中、担任に呼び止められた。振り向いた先の表情は、少し曇っている。

「実は手配ミスで、仲里君のグループの部屋を四人部屋で取ってたの。だから一人、違うグループのところに行ってもらうことはできる？」

ブラウンに縁取られた眉が、申し訳なさそうに下がる。

なるほど。つまり一人分ベッドが足りないと。移動先のグループが気になるけれど、一晩だけなら問題ない。

立候補しようと口を開くが、それは渡会に遮《さえぎ》られてしまった。

「それってベッドの数以外に問題はあるんですか？」

「え？　特にはないと思うけど、みんながいいのであれば」

「じゃあ大丈夫です」

あれ、俺の意見は？　それに、まだ五人で話し合っていない。

渡会以外の三人に目を向けるが、その表情から反論の色は窺えなかった。

必然のように決まった四人部屋を、俺は何も言わずに受け入れるしかなかった。

ホテルのエントランスを抜け、向かうは五〇七号室。キャリーケースはすでに部屋にあるそうだ。

カードキーで開いたドアの先は、担任が言っていた通り、本当に四人部屋だった。

「誰と誰がペアになる？」

堀田はさっそくベッド問題を取り上げた。

部屋のベッドは四つ。俺たちは五人。誰かが犠牲になって一つのベッドを二人で使う他ない。床という選択肢もあるけど、それはあまりにも可哀想だ。

「俺は寝相悪いからパス」

「俺も～」

守崎と仲里が我先にと手を挙げた。

譲る気のない二人に、文句をグッと飲み込む。今朝の様子を思い出すかぎり、蹴落とされるのは間違いない。それはできれば回避したい。

残った者同士で顔を見合わせる。身長から考えて、堀田と渡会の組み合わせはなくなった。そうなると、堀田と俺か、渡会と俺かの組み合わせになる。

「バスで一緒に座ってた二人でいーじゃん」

傍観《ぼうかん》していた守崎が、俺と渡会を指差す。

「俺はいいけど」

渡会はあっさりと頷いた。

マジで？　そんな軽い感じでいいの？　男とくっついて寝るのに？

「日置はどう？　俺と一緒でいい？」

「え……あ、俺はどっちでも」

なぜか真剣な面持ちの渡会に、首が縦に揺れる。

「じゃあ、決まりな！」

最後の一人ベッドを獲得した堀田は、嬉しそうにニカッと笑った。

ただ一人、状況を把握できていない俺は、呆然と立ち尽くすしかなかった。

不安を残したまま迎えた消灯時間。

ベッドの上で真っ白な天井を眺めていると、最後にシャワーを終えた渡会が戻ってきた。

邪魔にならないよう、なるべく壁にくっついてスペースを空ける。

「そんな寄らなくてもいいのに」

ベッドに上がった渡会は、俺の腕を引っ張った。やはり、男二人が寝そべると当然狭い。少しでも寝返ると体が当たってしまう。

今日はみんな、遊び疲れたらしい。雑談もそこそこに、ひとり、またひとりと眠りについた。俺も細心の注意を払いながら、そっと瞼を閉じたのだった。

修学旅行：三日目

寒い。

ぶるりと体を震わせ、目を閉じたまま手探りで掛け布団を探す。それでも毛布の感触は見当たらず、代わりにペチンと何かにぶつかった。

なんだ。眼鏡じゃないし。スマホでもない。人っぽい……人？

寝起きの頭で状況整理したあと、勢いよく体を起こした。

「あれ、今日は早起きじゃん」

ベッドに腰掛け、スマホをいじっていた渡会と目が合う。

ボヤける視界の中、先程ぶつかった場所を見ると、渡会が手を置いていた。

顔じゃなくて良かった。いや、手も良くないけど。

「……ごめん、手……当たった」

眠気を押し切って、乾いた喉から言葉を絞り出す。渡会は首を傾げ、思い出したように笑った。

「あぁ、全然痛くないから大丈夫」

「なら良かった……えっと、おはよう」

「ん、おはよう。声と寝癖やばいから洗面所行ってきな」

渡会はニコリと微笑み、眼鏡を渡してくれた。

やけに機嫌の良い彼を背に、床に足をつくと、柔らかい感触が肌を伝った。掛け布団、こんなとこにあったのか。

寝相は悪くないと思っていたけれど、知らない間に落としていたようだ。そう思って顔を上げれば、他の三つのベッドが目に入った。全員掛け布団を床に落としている。

なんで？　室内はそんなに暑くないのに。

洗面所に向いた足を止め、異常な光景を見つめる。そんな俺に気づいた渡会は、聞きたいことを汲み取《く》ったようでニヤッと口角を上げた。

「寒かったら起きるかなって」

「マジでないわ」

朝食の待つ大ホールへ向かうエレベーターの中。守崎は弱々しく首を振った。

堀田と仲里も、遠い目をして頷いている。

「いいじゃん。昨日と違って自分で起きれたんだし」

全員の掛け布団を剥ぎ取った渡会は、得意げな顔で鼻を鳴らした。

「もっと、こう、あんじゃん。起こし方ってやつがさ～……」

「どうせ、日置だけ優しく起こしてやったんだろ」

仲里は肩を落とし、堀田は訝しんだ目を渡会に向けた。

「俺もみんなと同じだけど」

「え？　撫でられたり、くすぐられたりして起きたんじゃねーの？」

俺の反応に、堀田は目を見開いた。

なんでそうなるんだ。

同意を求めるために渡会を見ると、フイッと目を逸らされた。

やったのか、俺が寝てる間に。

「こいつ、日置が拒否しないから好き勝手やってんだよ」

守崎が溜め息交じりに口を開いた。

「そーだよ。多少は嫌がらないと、いつか痛い目みるぞ」

「度が過ぎてキスとかしかねないんだから」

続けて堀田と仲里も忠告してくる。

「それはまだやってない」

ちょっと待って。〝まだ〟ってなんだ。渡会とキスする予定はありませんけど。

パッと口を押さえれば、渡会は「うそうそ」と笑った。もっと笑えるような嘘をついてほしい。

会話が途切れた瞬間「ポーン」と音が鳴り、エレベーターのドアが開いた。

空腹を刺激するいい匂いに誘われ、大ホールへ入る。朝食はバイキング形式のようで、何種類もの料理が用意されていた。

「皆さんおはようございます！　今日が修学旅行最終日です。最後まで怪我なく楽しく学びましょう」

今日で学年主任の挨拶ともお別れ。寂しいもんだな。

マイクの音が切れると同時に、生徒たちは真っ先に料理が集まるテーブルに飛びついた。

「俺らも行こ」

堀田の声に続けて席を立つ。

プレートを手に料理を眺めれば、お腹がぐぅと鳴った。

パンもあればご飯もある。洋と和が入り混じったメニューだった。

(昨日の朝は和食だったから、今日は洋食にしよう)

自然と伸びた手で、もちもちのロールパンをトングで挟む。あとはコンソメスープとスクランブルエッグと、デザート……。野菜も取り、綺麗に彩られたプレートに含み笑いが溢れる。

席に戻ると、四人はすでに揃っていた。

「今日ってどこ行くんだっけ」

バターの蓋《ふた》を開けながら堀田が口を開く。

「アレじゃね、なんかの神社みたいな」

「午前中だけだよな」

仲里はオムレツを口へ運び、守崎はフレンチトーストをつついた。

「なんか、着付け体験もするとか書いてあった」

着付けか、あんまり食べすぎたらまずいかな。

渡会の一言に思考を巡らせたあと、ためらいもなく料理に手を伸ばした。帯に締め付けられる苦しさより、空腹でよろよろになる苦しさのほうが嫌だ。

「おみくじ、誰が一番運が良いか試そうよ」

「いいね、じゃあ最下位はあっちでアイス奢りな」

仲里の提案に、守崎が乗っかった。運すら味方につけてしまいそうな四人に勝ち目など見えないが、せめて最下位は免れるようにそっと祈りを捧げた。

「それ、美味しそう」

デザートの夏蜜柑《なつみかん》ケーキを頬張っていると、渡会がプレート上で半分に欠けたケーキを指差した。

「食べる?」

蜜柑とスポンジのバランスがちょうどよくなるよう、フォークに乗せて差し出す。

渡会は、差し出されたケーキを見て目をまたたいた。シェアは無理なタイプだったようだ。フォークを下ろせば、パシッと手首を掴まれる。

「ありがと」

手首ごと引き寄せた渡会はケーキを口に含んだ。

「おいしい?」

首を傾げると、ニコリと笑みが返ってくる。

幸せそうな渡会を横目に、残りのケーキを口へ運ぶ。同時に、学年主任の声が聞こえてきた。最終日だからか締めの挨拶は少し長かった。

部屋に戻り、ベッドの上で満足に膨れたお腹を落ち着かせる。

「今日着付けあるならセットしよ」

ベッドでくつろぐ俺と違い、守崎はせっせとヘアアイロンやスプレーをテーブルの上に広げた。ノーセットでも全然いいと思うのに、インスタ職人たちは、それだけでは物足りないらしい。

手際よく髪を遊ばせる彼らを眺めていると、渡会が隣に腰掛けた。

「日置もやろ」

「えー……やんなきゃダメ？」

「ダメ」

「上手くできるか分かんないんだけど」

「やってあげる……ヘアオイルとか、かゆくなったりしないよね？」

渡会は優しく俺の髪に触れた。なんだか美容室に来たみたいだ。

セットと言うからオールバックとかホストみたいな盛り盛りヘアを想像していたが、襟足を跳ねさせたり、センターパートにするくらいだった。

時間はさほどかからず、仕上げにスプレーをかけられる。ヘアオイルの甘すぎない爽やかな香りは、とても好みだった。

「はい、お疲れ様でした」

渡会に軽く肩を叩かれ、顔を上げた。鏡に映る自分は、いつもよりスッキリして見える。

これがイケメンの力。

足りないのは俺の顔面の力。

「いらっしゃい！　ほな、好きなもの選んでや〜！」

元気なおじさんに迎えられ、色とりどりの着物が並ぶ部屋へ通された。

着物ってこんなに種類があるんだな。

華やかな色の列に圧倒される中、陽《よう》のかたまりの四人は、ショッピングモールへ来たかのように物色していた。派手な色の着物に盛り上がる彼らを背に、栗色のシンプルな着物を手に取った。無難が一番である。

懸念していた帯は、もちろんキツかった。締め付けに耐えながら、慣れない草履《ぞうり》を履き、先に着付けを終えた四人が待つ街道へ出た。

細かい刺繍が施されたものだったり、ツートーンで揃えられたものだったり、彼らは見事に着こなしている。セットした髪型も相まってモデルのようだ。

女子の準備を待つ間、行き交う通行人の視線が刺さる。着物を身につけた集団がいるのだからその反応も頷けるが、ほとんどの視線は隣に立つ渡会たちに向けられていた。

「芸能人？」

「撮影やない？」

中学生くらいの女の子たちは、歩きながらずっと目線を四人に固定していた。ブレない視線は、一種のパフォーマンスのように見える。

しばらくして、男子より華やかな彩りの着物を身につけた女子が姿を現した。普段着られない服装にテンションが上がっているのか、あちらこちらでスマホ片手に記念撮影をしている。

点呼確認を終えた担任に続き、神社を目指す。生徒を引き連れる白い着物の背には、鶴《つる》の模様が描かれていた。

「集合写真撮るよ〜」

本殿の前に着くと、担任が手を挙げた。その声に全員が身だしなみを整える。

「日置こっち向いて」

隣から降ってきた声に顔を上げる。俺の頭に手を伸ばした渡会は、器用に風で乱れた髪を整えてくれた。こだわりがあるのか、微調整まで抜かりない。

彼が満足するまでの間、ふわりと風がそよぎ、ヘアオイルの香りが顔周りを包んだ。

「俺、このヘアオイルの匂い好き」

ポツリと呟く。

渡会は手を止め、覗き込むように小首を傾げた。

「へぇ、俺がいつも使ってるやつ……好き？」

「好き」

頬を緩めて笑うと、渡会の表情が固まった。髪から手を離した彼は、終わり

を示すようにパッと顔を逸らす。カメラマンの合図に、俺も前へ向き直った。

撮影間際、ちらっと窺った渡会の耳は、ほのかに赤く色づいていた。

「じゃあ一時間後、ここに集合ね〜」

撮影後、担任は手を振って生徒を見送った。

参拝に向かったり、出店《でみせ》にお土産を買いに行ったり、着物の集団があちこちに散らばる。

「おみくじ引きに行こ」

仲里が赤く存在感を放つ鳥居を指差した。

草履で砂利を踏みならし、奥社を目指す。夜に来たら怖そうだけど、昼間の神社は日の光も掛け合わさって神秘的だった。

奥社に到着すれば、早速お目当てのおみくじコーナーへ向かった。

ジャラジャラと音を鳴らし、一人ずつおみくじの入った筒を振る。俺の順番が回ってくると、ギュッと両手を握った。

神様。小吉くらいでお願いします。

精一杯の祈りを込めて筒を振る。出てきた数字は三一番。三一の引き出しを開け、一番上ではなく、上から二番目の紙を取り出した。

「まだ待って。せーので見よ」

最後の堀田が筒を抱えて振り返った。

待ち時間がもどかしい。なんだか緊張もしてきた。

五人揃って輪になると、仲里が小さく声を上げた。

「せ〜の……」

バッとおみくじを開く。

末吉。

普通だ。正しい順番は分からないけど、多分普通。

「日置が一番下っぽいな」

まあまあな結果に胸を撫で下ろせば、スマホで運勢の順番を調べていた守崎が、哀れみの目を向けてきた。なんとなくそんな感じはしてた。

奢り確定に苦笑を漏らし、手元のおみくじをじっくりと眺めた。健康運、勉強運、末吉らしくまあまあな内容だった。一番盛り上がるのは、やっぱり恋愛運。

〝近い内に待ち人来たり〟と書いてある。本当かよ。

「渡会の見して」

「いいよ」

隣で大吉のおみくじを広げる渡会の手元を覗き込む。案の定、だいたいプラスな事しか書いていない。

恋愛運はどうだろう。心配無用人生花道万々歳、とかかな。

流れるように恋愛運へ目を向ける。そこには思っていたような文字はなかった。

己を信じて進むべし。

意外にも、鼓舞するような一文が記されていた。

渡会が攻略困難な人間なんて、この世にいるのだろうか。神様も、たまにはイケメンに試練を与えるらしい。

粗方おみくじに目を通せば、おみくじ掛けに足を向けた。破けないように慎重に結び、念のため、平穏な日々を願って手を合わせた。

「あ。アイスある」

堀田の声に振り向くと、そこにはソフトクリームやジェラートを売っているレトロなキッチンカーがあった。

「みんな何がいい？」

財布を取り出し、四人を窺う。

「あ、奢りは冗談だから」

メニューを眺める守崎が首を振った。すっかり奢る気でいた俺は、残金を確認する手を止めてポカンと口を開いた。

まぁ……いいか。奢らなくていいなら、それに越したことはない。

拍子抜けのまま窓口に向かう。定番の抹茶ソフトクリームをスルーして無花果《いちじく》のジェラートを頼んだ。

「日置も食べる?」

本殿へ戻る途中、隣を歩く渡会から抹茶ソフトクリームが差し出された。喜ばしいことに、シェアしてくれるようだ。

「ありがとう。俺のもよかったら」

「ありがと」

交換するように自分のジェラートも差し出す。

ソフトクリームを一口含むと、抹茶とバニラの香りが口の中に広がった。

あまりの美味しさにもう一口だけ貰おうと口を開けば、草履に足を取られ、こけそうになった。その勢いで照準を誤ったソフトクリームは、口の端に当たった。短い舌を伸ばしてみるが届かない。

ティッシュなど持っていない。さすがに借り物の着物で拭うわけにもいかない。

一人でパニックになっていると、隣から伸びてきた手が頬を拭った。そのままクリームのついた指を目で追えば、渡会はためらいもなく口に含んだ。

「……大丈夫な感じ？」

バグった脳は変な質問を飛ばした。

「あ、ごめん。嫌だった？」

渡会は焦ったように眉を下げる。その反応に首を横に振った。

そういえば、テーマパークの時もケチャップのついた口元を拭ってくれた。弟だっているし、自然と体が動いてしまうのだろう。

ホッとした表情を浮かべた渡会から、ジェラートを受け取る。俺もいびつな形になってしまった抹茶ソフトクリームを渡した。

少し溶けだしたジェラートを口にすると、なぜかさっきよりも甘く感じた。


「疲れた～！」

「足いて～」

「ねみー」

仲里と堀田と守崎は、ゲッソリとした表情でバスの座席に腰を沈めた。着物はとうに脱がれ、慣れ親しんだ制服に変わっている。

長かった修学旅行も、あとは新幹線に乗って帰るだけ。過ぎ去っていく街並みを眺めていると、寂しさがこみ上げてくる。

「寂しい？」

俺の心情を見透かしたように渡会が声をかけてきた。

「ちょっとね、楽しかったから」

「それは……良かった」

渡会は優しい声で微笑んだ。


「お土産を購入する生徒は、素早く時間内に購入してください。トイレに行っておくことも忘れずに！　では一旦解散！」

学年主任の一声で列が乱れ、生徒の波が駅構内に流れだす。

「俺、お土産見てくるけど、みんなどうする？」

駅内を指差せば、反応は二手に分かれた。

渡会と堀田は「俺も行く」と手を挙げ、仲里と守崎は「トイレ寄ってから行く」とこの場を離れた。

さっそく渡会と堀田と一緒に、駅地下のお土産コーナーへ向かう。

八つ橋、抹茶バウムクーヘン、わらび餅、いろんなお土産品がショーケースに並んでいる。

悩みながら着々と増えるお土産。また一つ腕に紙袋を下げると、遠くから名前を呼ばれた。ショーケースから顔を上げた先に、渡会と堀田が手招きしている姿が見えた。

「試食していいって」

彼らの元へ駆け寄ると、渡会は爪楊枝《つまようじ》に刺さったどら焼きのような欠片《かけら》を差し出してきた。隣の堀田はすでに食べたらしく、モグモグと口を動かしている。

受け取りたいけど両手が紙袋で塞がっている。お土産を床に置こうとすれば、渡会の声がそれを制した。

「口開けて」

どうやら、食べさせてくれるらしい。

素直に口を開ければ、渡会はもう片方の手を添え、落ちないように入れてくれた。

「どう？」

「美味しい」

きな粉みたいな味がする。

「つかさお兄ちゃん僕も〜」

「ボクもー」

うしろから揶揄する声が飛んできた。

振り返ると、仲里と守崎が立っていた。手にはお土産の袋をぶら下げている。

合流する前に買ってきたようだ。

というか〝つかさ〟って……。

「弟の真似やめろ」

隣の渡会は眉間に皺を寄せていた。

全員苗字で呼び合うから、たまに下の名前を聞くと分からなくなる。俺の名前も朝の事件がなければ……思い出したら恥ずかしくなってきた。

嫌な記憶を振り払うように店員へ向き直る。

「先程試食でもらったのと、あと……チョコレート味もください」

「ありがとうございます～」

店員は手際良く箱を紙袋に詰め、会計時、一緒に何かを渡してきた。

「これ、おまけね！」

「あ、ありがとうございます」

店員の手には、まねき猫のキーホルダーがぶら下がっていた。ゆらゆらと揺れるそれは、時折シャランと鈴の音を鳴らした。

キーホルダーを握りしめ、両腕には大量の紙袋。さすがに買いすぎた。

「持つよ」

渡会が俺の腕から紙袋を抜き取る。

息をするように気遣いを見せる彼には頭が上がらない。何から何まで、渡会様様である。

エスカレーターに差し掛かり、リュックを背負い直せば、手の中で貰った
キーホルダーが音を鳴らした。

思い立って渡会の制服をクイッと引っ張る。

「手出して」

「え、なに」

渡会は少し怖気《おじけ》づきながらも、手を差し出してくれた。その上に、まねき猫
のキーホルダーを乗せた。

「これ、弟さんにあげる」

「日置が貰ったんじゃないの？」

「俺すぐ失くしそうだし……貰ってくれない？　つかさお兄ちゃん」

試食時のやりとりを思い出してニコリと微笑む。

渡会は予想外だったようで、パチリと目をまたたいた。それでも、すぐに
キーホルダーをポケットにしまい、俺の頭を掻き撫でた。せっかくセットした

のに。

「普通に呼んでよ」

渡会はポツリと呟いた。

「渡会？」

「下の名前」

「紬嵩」

言われるまま口にした。

目の前の彼は、みるみるうちに頬を赤く染める。

「…………やっぱまだ苗字で」

そう言い残すと顔を背けてしまった。

まだってなんだよ。

キスといい、名前といい、今後の予定に勝手に組み込まれている。渡会の不思議な思考に眉を顰めると、広場のほうから学年主任の声が聞こえてきた。

「時間も押してるので、素早くホームに移動してくださーい！」

切羽詰まった声に腕時計を見る。発車時刻まで、数分しか残っていなかった。

駆け足で向かえば、すでに新幹線が到着していた。乗車口には担任が立っており、生徒一人一人に切符を渡している。

「座席は中で調整して、とりあえず乗っちゃって」

押し込まれるように乗車し、切符の番号が示した座席へ向かった。

「いらっしゃい～」

「なんだかんだ日置と隣になるのは初めてかも」

俺の席は仲里と堀田の間だった。修学旅行中はほとんど渡会の隣だったから、なんだか新鮮に感じる。

「揃ってない班がいたら報告しに来て～、あとお昼のお弁当も持って行ってね」

担任は歩きながら指差しで生徒を数えていた。車内はざわざわと騒がしいが、乗り遅れた生徒はいないようだ。

「また幕末弁当かな」

堀田は初日の言い間違いを、自分の持ちネタにしたようだ。したり顔を浮かべる彼に、笑って首を振る。

「いや、さすがに違うでしょ」

「俺取りに行ってくる」

仲里は席を立ち、車両の後方へ向かった。その背中を見送ると、堀田がトントンと肩を叩いてきた。

「修学旅行楽しかった？」

「うん。正直パシられるかと思ってたから、普通に楽しくてびっくりした」

「なわけないじゃん。俺らそんなふうに見えてたの？」

「喋ったことなかったし」

「んー……まぁ、そうか」

堀田は頬を掻き、困ったように笑った。

終わりよければ全て良し。グループ決めの時間に、声をかけてくれた堀田には感謝しかない。

「誘ってくれてありがとう」

「発案者は俺じゃないけど、どういたしまして～」

発案者？　中学の繋がりで堀田が誘ってくれたのだと思ったけど、違うのか。

「それってどういう――」

「なー！　見ろよ、肉！」

俺の問いは仲里の声にかき消された。

まぁ、楽しかったし何でもいっか。

仲里から焼肉弁当を受け取ると、空になっていたお腹を満たした。


昼食を終え、家族に到着時間を送ろうとチャットアプリを開く。そこには一件のメッセージが届いていた。

『イケメンたちのインスタアカウント教えて』

送り主は池ヶ谷だった。

予想はしていたけどやっぱりか。断られたって入れておこうかな……一応聞いてみるか。

「杏……じゃなくて、鹿のところで会った中学の同級生がインスタのアカウント知りたいらしいんだけど、教えてもいい？」

まずは両隣の堀田と仲里に声をかけた。

「池ヶ谷だろ？　俺はいいよ」

「んー、俺は教えてもいいけどフォロバはしないかも。よく知らないし」

二人に頷き、今度はうしろの席の守崎と渡会に同じ質問をした。

「俺はパス」

「あ〜……俺は教えていいよ」

即答で返してきた守崎に対して、渡会は少し迷ってから頷いた。

席に座り直し、さっそく池ヶ谷にメッセージを打った。その数分後、高速の土下座をするウサギのキャラクターのスタンプが送られてきた。そして、俺はすっかり家族に連絡することを忘れていたのだった。

「皆さんお疲れ様でした！　ここで解散ですが、修学旅行は帰るまでが修学旅行です。寄り道せずに気をつけて帰ってください！　それでは解散！」

「「「さようなら〜」」」

駅構内に生徒の声が響く。

終わってしまった、修学旅行。イマイチ実感が湧かない。

駅の出口へ向かう生徒を眺めていると、堀田がスマホから顔を上げた。

「俺、迎え来てるから帰るけどみんな平気？」

堀田の問いかけに、守崎は電光掲示板を見上げた。

「俺は電車で帰るから、もう行く」

「あ、俺も」

同じ路線の仲里も、守崎に続いて手を挙げた。

「俺は迎え来るのもう少しかかるから待ってる」

家族には、先程思い出して連絡したばかり。あと三十分は待たないといけない。

最後に渡会に視線が集まると、彼はニコリと笑った。

「俺も。電車の時間遅いから」

三日間付かず離れずだった俺たちは、ここで解散することになった。堀田は駅の出口へ、仲里と守崎はホームへ向かった。

三人を見送り、隣を見上げる。

「電車の時間あとどのくらい？」

「十分くらいかな」

「乗せてこうか？」

「いや、最寄り駅に迎え来てもらってるから大丈夫」

「そっか」

渡会に頷けば、周りを見回した。

とりあえず座りたい。慣れない環境で三日間過ごした体は、思ったより疲れていた。

ゴロゴロとキャリーケースを引きずり、空いていたベンチに腰を落ち着ける。

そして、まだ直接伝えていなかった礼を口にした。

「修学旅行、いろいろ手伝ってくれてありがと。コンタクト取れた時とか、風呂の時とか、迷子の時とか、あと、お土産持ってくれたりとか……」

三日間の迷惑事をあげればキリがない。段々と声が尻すぼみになっていく。

罪悪感に目線が床に落ちると、柔らかい声が耳に届いた。

「気にしなくていいって、こっちこそグループ入ってくれてありがとう」

疲れを感じさせない爽やかな笑顔だった。

そんな彼に、自然と俺の表情も緩んだ。

「渡会とは、一番距離が縮まった気がする」

「……そう」

「最初なんか冷たかったし」

「え……あ、あれは挨拶の仕方が分からなくて、緊張してたし……」

慌てて弁解する渡会に「冗談だよ」と笑った。

その時、駅内の放送が響いた。

　渡会はあと十分と言っていたけれど、ホームまでの距離を考えると、もう向かったほうが良いのではないか。

「もう行く？　余裕あったほうがいいし。改札まで送るよ」

　ベンチから重い腰を持ち上げた。足を踏み出しても、すぐ隣に並んでくると思っていた渡会は来ない。

　振り返ろうとした瞬間、引きとめるように手首を掴まれた。

「ど、どした？」

　意図の汲めない渡会の行動に体が固まる。

　振り向いた先の彼も、気難しい表情を浮かべていた。

「日置さ……旅館で眼鏡取りに行った時のこと、覚えてる？」

　眼鏡？　渡会の言葉に記憶を巡らせる。

　眼鏡を取りに行って。

　こけそうになって。

　渡会に抱きとめてもらって。

何でもするって、口走って——。

このあとに何を言われるのか分からない恐怖で声が震えた。

「……お、覚えてるけど」

なんだろう……実は修学旅行で仲良くしていたのはドッキリでしたとか？　来週からは何でも言いなりになれよとか？

渡会を見つめたまま、ぐるぐると考える。この三日間が楽しかったからこそ、それが全部偽りの優しさだと知ったら引きこもりそう。三年くらい。

「日置をグループに入れようって言ったの、俺なんだよね」

俺の心配を知ってか知らずか、渡会が口を開いた。堀田に聞けなかった質問の答えは、ここで返ってきた。

「……そ、そうなんだ」

「一人が可哀想だとかそういうのじゃなくて……ちょっとはあったけど」

渡会の視線がスッと横に逸れる。

「一緒のグループになったら、日置のこと知れるかなって」

俺の手首を握る手に力が入る。

「修学旅行で日置の面白いところとか、気が利くところとか……その、可愛いとこも、いろいろ知れて嬉しかった」

渡会の頬と耳が、どんどん赤く染まっていく。

待って。なんかこの流れ、おかしくない？

甘くなっていく雰囲気に、気持ちがふわふわしてくる。

「あんまり触れるつもりはなかったんだけど、今さらだけど……ごめん」

「いや、俺も嫌じゃなかったからそのままにしてたというか……」

そう口ごもると、渡会は俺の目を見て優しく微笑んだ。

さらに甘くなっていく雰囲気に溺れそうになる。

てか、これって……この流れって…………。

「もし日置が良かったらだけど」

俺はただ言葉を待つしかなかった。

「俺と、友達になってほしい」

え？

「ト…………トモダチ？」

人間と分かり合えた宇宙人みたいな返しをしてしまった。

いや、だってそうでしょ。

告白の流れだったじゃん。

どうして期待している自分がいるのかは分からないけど、雰囲気的に告白だった。百人中百人が告白判定をくだすくらいには告白だった。

これが口コミで「勘違いさせてくる」と言われていた渡会の実力か。

えっと、何だっけ、友達か……友達………。

「ごめん……」

思わず言葉が口を衝《つ》いた。

渡会は悲しそうに眉尻を下げている。

「ちがっ！　ごめんって、そういうごめんじゃなくて！　えっと、もう勝手に友達だと思ってたから、それのごめん」

もう何を言っているのか自分でも分からない。

そもそも、友達ってどこからが友達？　今まで「友達になろう！」で友達になったことがないから分からない。

変な汗が止まらないでいると、渡会は俺の手をギュッと握った。何度も繋いできた手。安心するような大きな手。

混乱していた脳が少し和らいだ。

「そう言ってもらえて嬉しいけど」

「……うん」

「なんて言うか……例えば、日置が遊びたいってなったら一番に誘ってほしいし、困った時は一番に頼ってほしい」

「あぁ、そういう……」

なるほど、それが友達か。

一呼吸置き、気持ちを落ち着かせる。

「えっと、友達よろしくお願いします」

「うん、よろしく」

渡会は今までで、一番輝いた笑顔を浮かべた。それにこたえるように、俺も笑顔を返す。

再び、駅内放送の音が聞こえてくる。人の波も、どんどんホームに向かって流れだした。

「じゃあ、またね」

「うん。またね」

渡会は名残惜しく手を離し、キャリーケースを引きずって改札へと歩きだした。改札を通ったあとも、時折こちらを振り返って機嫌良さそうに手を振ってくる。俺も手を振り返し、渡会の姿が見えなくなるまで、その場で見送った。

迎えの車が到着するまで、あと二十分。熱《ほて》った体を冷やすために、外へ足を向けた。

二年に進級してから約三ヶ月、新しい友達ができた。

学年集会

大きな行事のあとは、決まって学年集会が開かれる。

「遅れないように、速やかに体育館に移動してね～」

担任はそう言い残し、教室から出て行った。途端にガタガタと席を立ち上がる音や、雑談の声で教室内が騒がしくなる。

ペンケースとしおりを小脇に抱え、廊下へ足を向ける。

「日置、一緒に行こ」

クラスメイトのあとに続けば、渡会が駆け寄ってきた。彼のうしろには、仲里と堀田と守崎の姿も見える。

あぁ、そうだ。友達になったんだった。

一人行動が染みついた体は、ぎこちなく足を止めた。

「俺たちを置いて行くなんてひどい」

「ごめんて」

わざとらしく頬を膨らませる仲里に、形だけの謝罪を返す。

「うわ、きも」

「えー、守崎くんひどい」

身を引く守崎にも、仲里は謎のキャラ設定のまま泣く素振りを見せた。

「てか早く行こーぜ」

茶番を打ち切り、堀田が時計に目線を送った。

休み時間は十分、あっという間に終わってしまう。

二階から体育館へ通じる階段は、修理で封鎖されている。必然的に、一階の廊下を通ることになった。迂回《うかい》すれば他のルートもあるが、ここが一番早い。

一階の廊下は、たくさんの一年生の生徒で溢れかえっていた。

「…………」

すごく視線を感じる。

すれ違う過半数の生徒は足を止め、女子生徒は廊下側の窓際に集まってキャッキャと声を上げている。

「あ、日置先輩！　こんにちは～！」

「ちは～！」

四人との距離を空けようとした時、二人の男子生徒が会釈をしてきた。見知った顔に、同じバドミントン部の後輩だと分かる。ただ、申し訳ないことに一年生は入部人数が多く、まだ名前と顔が一致していない。ごめん。

「お疲れ、次移動なの？」

彼らの持っている教科書とリコーダーに目を向ければ、二人の後輩はコクリと頷いた。

「はい！　音楽室に」

「日置先輩も移動ですか？」

「うん。修学旅行のことでなんか集まるらしい……あっ、あとでお土産持ってく」

そう伝えると、後輩はパッと顔を明るくした。

「やった！　ありがとうございます！」

「楽しみにしてます！」

「うん。じゃーね」

特別珍しくもないお土産なのに、目を輝かせて喜んでくれる後輩に手を振った。まだ二ヶ月半しか一緒に部活をしていないけど、あの純粋さが可愛い。

「知り合い？」

隣に並んだ渡会は、駆けていく後輩の背中を目で追った。

「部活の後輩」

「ふーん」

俺の言葉に、渡会はもう一度うしろを振り返った。

そんなに気になるのだろうか。

「先輩こんにちは～！」

「どこ行くんですかー？」

今度は仲良く手を繋ぐ二人の女子生徒が声をかけてきた。その熱のこもった視線は、ビシビシと四人に向けられている。

「……体育館だけど」

仲里は不思議そうに小首を傾げて答えた。

「そうなんですね！　頑張ってくださいー！」

「また部活で会いましょう！」

女子生徒は頬を染め、小さく歓声を上げながら駆けていってしまった。

小さくなる背中を見送ると、仲里は頭にハテナを浮かべたまま、さらに首を傾げた。

「誰？」

「いや知らん、誰？」

「俺も知らない」

「マジで誰」

守崎から渡会へ、渡会から堀田へ疑問の連鎖が続く。

なんかごめん。先程の女子生徒に心の中で謝った。

彼らが所属している写真部は、日頃から先輩と後輩の間で挨拶をする文化はないらしい。加えて、四人は形だけ部活に入っている幽霊《ゆうれい》部員だそう。それでも顔くらいは覚えておけよと思ったが、ついさっき後輩の名前が出てこなかった俺は、グッと言葉を飲み込んだ。


体育館には、プロジェクタースクリーンが用意されていた。

「クラスごとに男女別で並んでくださいー！　一組はここでーす！」

スクリーンに気を取られていると、学年主任がマイクを片手に手を挙げた。

その指示に生徒の波が動きだす。

「何の動画見ると思う？」

俺のうしろに並んだ堀田も、やはりスクリーンが気になるようだった。

「さぁ？　……修学旅行のＭＶＰとか」

「ＭＶＰは学年主任だろ」

「ははっ、たしかに」

堀田の言葉にケラケラ笑う。

生徒のネタになっているとは知らず、ＭＶＰ候補の学年主任は、グッとマイクを握り直した。

「皆さん修学旅行お疲れ様でした！　休みの間、しっかりリフレッシュできましたかね？　中間考査も近いので、ぜひ頑張ってください」

　修学旅行で浮かれていた気分は、一気に現実に叩き落とされた。周りの生徒も、ウンザリとした表情で学年主任を眺めている。

「今日集まってもらったのは、修学旅行の思い出ムービーを鑑賞するためです。では、スクリーンに注目してください！　あ、後列の生徒は見えづらいかもしれないので、適度に移動してもらって構いません」

　学年主任がマイクを切るなり、生徒たちは我先《われさき》にと前列に固まった。俺も続いて腰を上げたが、仲里と堀田に腕を掴まれ、後列へ引きずられた。

「うしろで見ようぜ」

俺を見下ろしながら、堀田はニッと笑った。

なんで？　見えづらくない？

引きずられるまま、遠くなるスクリーンを見つめる。行き着いた先で、仲里は「あげる」と言って俺を渡会の長い脚の間に収めた。

なんで？

二度目の疑問を抱いた。退散すべく腰を浮かせるが、それを制するようにガシッと腕が巻き付いた。

「どこ行くの？　ここにいてよ」

渡会は耳元で呟き、立ち上がろうとする俺を抱き寄せた。

今、俺は渡会を背もたれに座っている。女子に見られたら蹴飛ばされそうだ。けれど、先程の言動からとても逃げられるとは思えない。

諦めて渡会に体を預けると、体育館が暗闇に包まれ、軽快な音楽が鳴り響いた。目の前のスクリーンには、晴れ渡った空と修学旅行初日の日付が表示された。意外にも本格的なムービーである。

徐々にBGMの音量が下がる。画面には、でかでかと学年主任が映しだされた。
『先生、今日から修学旅行ですが、どうですか？』
『いや〜、もう行き慣れたもんで、第二の実家みたいなものですよ』
カメラマンの質問に、学年主任は懐かしむような表情を浮かべた。
生徒たちの笑い声が、体育館内に響く。
そこからはダイジェストのように三日間の様子が流れた。
一日目。
能の劇場が映った。その瞬間、背中に冷や汗が流れる。
渡会と手を繋いでるところ、撮られてないよな？
俺の心配を案ずるように、スクリーンはすぐに夕食の場面に切り替わった。
二日目。
本堂の前で撮った集合写真や、自由行動の写真が映る。
活気溢れる商店街や、古き良きゲームセンターなど、興味をそそられる観光スポットに身を乗り出す。テーマパークも良かったが、地域の穴場スポットも回りたかった。

スクリーンに釘付けになっていると、なぜか俺が迷子の男の子を抱っこしている写真が映った。

誰だよ、撮ったの。撮影許可出してませんけど。

スクリーンから距離を取るように頭を引けば、思い切り渡会の胸にぶつけてしまった。

「ごめん……!」

「大丈夫。ソロ写真おめでとう」

渡会は俺のぶつけた頭を撫でながら、祝いの言葉をくれた。仲里と堀田と守崎も「おめでとー」と口にする。

やめてくれ。恥ずかしさに顔を覆い、指の隙間からスクリーンを窺った。

三日目。

各クラスの観光場所が映しだされ、もちろん、着物を身に付け輝きを放つ四人……と、おまけの俺も映る。

女子の間でざわめきが広がった。チラチラとこちらを振り返る生徒もいる。

まずい。渡会を背もたれにしているのがバレたら、ファンに刺される。

今度は逃げるように上体をずり下げたが、そんな行動も意味をなさず、また腹に手を回されて抱き寄せられた。

「そんな下がったら見えないだろ」

「いや、今は見たくないというか見られたくないというか……俺の命が危ない」

「何言ってんの」

渡会は呆れ混じりの溜め息をつくと、俺の腹に手を回したままスクリーンへ目線を戻した。

思い出ムービーは、終盤に差し掛かっていた。お世話になった旅館やホテルのスタッフからのメッセージ動画が映しだされ、エンドロールが流れる。

「それではクラスごとにしおりを回収します！　まだの生徒は、ここで書いてから教室へ戻ってください。八割は絶対埋めること！」

学年主任の号令で、立ち上がる者としおりに向き合う者に分かれた。俺たちのグループは後者だった。その中でも半分以上感想を埋めていた俺は、早々に書き上げ、ボーッとしながら四人を待った。

「ちょっと日置借りまーす」

突然降ってきた声に顔を上げる。

一人の男子生徒は、硬い表情で俺を見下ろしていた。彼は、高校から知り合った部活仲間の水無瀬《みなせ》葵《あおい》。部内一を誇る生粋の甘党だ。バドミントンの実力は、そこそこ。

水無瀬は急かすように俺の背中を膝で突ついた。

「ちょっと借りられてくる」

「……三秒で戻って来て」

水無瀬を一瞥した渡会は、無茶な要望を口にした。その願いを叶えることはできず、首を横に振る。

「日置、お前～！　話しかけづらいとこにいんなよな！」

渡会たちと距離が広がった途端、水無瀬は小声で文句をぶつけてきた。

「友達だし仕方ないだろ」

「見ろよ、まだ手震えてんだけど……ほら！」

水無瀬は大袈裟に右手を震わせた。震えてるというか、これは振ってる。

「それはやりすぎだろ」

思わず笑ってしまう。

水無瀬は納得できないとでも言いたげに、ジトリとした目を向けてきた。

「よく顔面の暴力みたいなとこにいられるよな」

「そんな近寄りづらい？」

「んー、話したことないのもあるけど、なんか……次元が違うというか……うん、分からん！」

水無瀬は説明を諦めて肩をすくめた。彼の反応に、また声を上げて笑う。

目的地の出入り口には、辻谷に加え、もう一人の部活仲間が待っていた。短い髪を跳ねさせている彼は、猪野俊佑《いのしゅんすけ》。彼も辻谷と同じく中学も部活も一緒で、俺の数少ない友達だ。

何の偶然か、バトミントン部の二年生全員が集まった。

「来た。陽キャ見習い」

「マジで勘弁しろよな。ジャンケンで誰が呼びに行くか決めたんだから」

「全員で来れば良かったのに」

ブーブー文句を言う辻谷と猪野に、アドバイスを投げる。名案だと思ったのに、水無瀬を含めた三人からは、非難の声が上がった。

「俺ら三人で戦闘力三十くらいなのに無茶言うなよ！」

「武器も何も持ってねーよ！」

「日置足しても戦闘力二十なのに！」

「なんで減ってんだよ」

猪野の一言にツッコむと、四人で顔を見合わせて笑った。

渡会たちといるのも楽しいけど、部活仲間といるのも波長が合って楽しい。

あれ、そういえば。

「俺なんで呼ばれたの？」

スンッと冷静になり、思い出した疑問を口にした。

「あ、そーだ。先輩と後輩へのお土産、誰がどこのクラスに持ってくか決めようと思って……日置は一年担当でいい？」

提案してきた辻谷に快く頷く。体育館に向かう前、後輩とお土産の話をしたからちょうど良かった。

「じゃあ日置は一年で……猪野も一年な。俺と辻谷は三年」

水無瀬の指示で手際良く担当が決まった。

話が一段落すると、辻谷が突然馬鹿でかい声を上げた。

「あっ！　やば、俺次の授業の課題やってないわ」

慌てふためきながら駆けていく辻谷を皮切りに、自然と解散の流れになった。

「じゃあ、また部活で」

「頑張れよ、陽キャ見習い」

陽キャ見習いって、なに？

ふざけ合う水無瀬と猪野に手を振り、体育館内へ足を向ければ、もうほとんど生徒はいなくなっていた。

「お待たせ」

座って駄弁《だべ》っていた四人に声をかける。

渡会は顔を上げるなり、すぐに立ち上がった。

「おかえり。日置のしおりも一緒に提出しちゃったけど大丈夫だった？」

「え、マジで？　ありがとう」

パッと笑顔を浮かべれば、こんな些細な感謝でも嬉しいのか、渡会は見えない尻尾を振って満足げに頷いた。

そんな彼の隣に並び、出入り口を目指す。その時、背後から声がかかった。

「仲里君たち、申し訳ないけど窓の戸締まり確認してきてくれない？」

クラス全員分のしおりを抱えた担任は、窓を指差していた。

「了解でーす……上の階と下の階、どっち行く？」

仲里は担任に頷き、俺らに向き直った。

「あ！　待って、日置君は部活で体育館使ってるよね？　これ、上の放送室までお願いしてもいい？」

担任は腕にぶら下げていたトートバッグから、マイクとスクリーン用のリモコンを取り出した。それを受け取ると、人差し指を上に向けて四人に示した。

「てことで俺は上に行く」

「じゃあ俺も」

階段のほうへ歩き出せば、渡会も俺に続いた。

放送室は、埃《ほこり》っぽい匂いが立ちこめていた。

「ここ来たことある？」

「いや、初めて来たかも」

渡会は首を振り、キョロキョロと狭い室内を観察している。知ったような口振りで言ったが、俺もこれが二回目で、放送室内に詳しいわけではない。

備え付けの防湿庫《ぼうしつこ》を開けてマイクをしまい、リモコンを持って立ち尽くす。

リモコンは、どこへしまえばいいのだっけ。

「さっき何話してたの?」

机周りを物色していると、渡会が声をかけてきた。

「さっき? ……あぁ、部活のお土産のことだけど」

一段一段引き出しを開けながら、リモコンのホームを探す。

それにしても、俺が誰かと話すたびに、毎回似たような質問をしてくる。そんなに気になるのかな。

「なんで? もしかして嫉妬した?」

同種の機材が見えた引き出しにリモコンをしまい、含み笑いを混ぜてからかってみた。

「…………うん」

え。

ここが教室だったら、かき消されそうな小さい声だった。けれど、今は二人きりの静かな空間。俺の耳はしっかり渡会の声を拾った。

思わず振り返った。渡会の表情は逆光でよく見えない。

彼の心情を確かめるために一歩踏み出せば、伸びてきた手が俺の腕を引いた。

渡会に抱き締められ、思考が停止する。体を起こそうとするが、離れるはずの体温はさらに熱を上げた。

彼の意図が分からず、顔を上げる。

「…………………………せて」

渡会は、俺の耳元で何かを囁いた。

「え」

意識を集中させ、耳を傾ける。

「……寂しかったから、しばらくこのままでいさせて」

その言葉と共に、腕に力がこもった。

密着した体は、大きく脈打つ鼓動まで伝わってくる。俺と数センチしか身長は変わらないのに、抱き締められるとすごく大きく感じる。いつの間にか、俺は無意識に渡会のジャケットを握っていた。

「友達って、こんなことすんの？」

「……抱き締めるくらいはあるだろ」

「にしては長くない？」

「それは日置だけ」

名残惜しそうに腕がほどける。

逆光で見えなかった彼の表情は、幸せに溢れていた。

「日置は友達とキスってどう思う？」

「それはダメだろ」

渡会から距離を取れば、彼はニコリと笑った。

「まだしないって」

だから、まだってなんだよ。

「おーい、早くしろ～」

下のフロアから聞こえる仲里の声。

いつもの調子に戻った渡会は、放送室の鍵をもてあそびながら扉の向こうへ消えた。

渡会が、何を考えているのか分からない。

彼の言動に呆れつつ、ご機嫌な背中を追って放送室をあとにした。


「遅くね？　何してたん」

出入り口で待っていた守崎は、訝しんだ目を向けてきた。

何て言おう。素直に「抱き合ってました」とか言ったら語弊《ごへい》が生まれて停学になりそう。

「日置がコードに絡まったから、解いてたら時間かかった」

渡会は、指に引っかけている体育館シューズを、ぷらぷら揺らして答えた。

「も～、おっちょこちょいなんだから～」

仲里がまた謎のキャラ設定で俺の肩を叩く。それ、流行ってんの？

「てか、次の授業なに？」

仲里をスルーして首を傾げる堀田。

「……体育だ」

渡会がポツリと呟いた。同時に聞こえる五限の終わりを告げるチャイム。

体育の担当教師は学年主任。遅れたらトラック周回やら雑用やら、何かしらのペナルティが待っている。

状況を理解した俺たちは、弾かれるように駆けだした。

「廊下は走らなーい！」

一年の担当教師の声が聞こえた。

立ち止まるわけにはいかず、平謝りをしながら階段を駆け上がる。

六限が始まるまで、あと十分。

誰もいなくなった体育館には、夏の訪れを告げる蝉《せみ》の声が響き渡っていた。

海

修学旅行で立てた海の計画は、予定通り実現することになった。

「着いた～！」

「海だ～！」

潮風を浴びながら、仲里と堀田が伸びをする。

顔を上げると、目の前に広がる風景に自然と気分が高揚した。

水平線の向こうで、夕陽が歪んだ形を浮かべ、辺り一面を赤く染めている。

光を受けた水面は、ダイヤを散りばめたようにキラキラと輝いていた。

冷たい潮風が頬を撫でる。日はすでに暮れ、昼間より涼しい。人も多くない。

つまり、最高だ。

「俺、海でこれ食べるの夢だったんだよ」

堀田がコンビニで買ったパンの袋を開けた。

「あ、それ橋上華奈《はしうえかな》がCMでやってるやつじゃん」

仲里がパッケージを指差して声を上げた。

俺もそのCMなら、テレビで見たことがある。海を背景に、海と関係のないチョコサンドパンを食べているCM。

「動画回しといてやるよ」

守崎がスマホを掲げた。

「んじゃ、始め……」

チョコサンドパンを取り出した堀田が、夕陽に向き直った。その瞬間、彼の手元に勢いよく黒い物体が横切った。

「「「「は？」」」」

一瞬の出来事に、全員が目を見開く。

パンをさらった犯人は、バサバサと羽を鳴らして空高く飛び去っていった。

鳶《とび》だ。

「あー！　俺の！　〝夏の大感謝祭、最後までチョコたっぷり旨さ引き立てる二層のクリームチョコサンドパン〟がー！」

状況を理解した堀田が、鳥に向かって一息に叫んだ。その声は、海の彼方へと消える。

一瞬の沈黙。五人で顔を見合わせると、腹を抱えて笑った。

「あはは！　商品名フルで言うのかよ！」

「一口も食べられずに持ってかれるとか可哀想すぎだろ」

「ははっ！　面白すぎて腹よじれる」

誰もが涙を浮かべ、肩を震わせた。

笑いすぎて乱れた呼吸を整えれば、ひとつの欲が顔をだす。そうだ、俺も海らしいことをしておこう。

上がるテンションに身を任せて、サンダルを脱いだ。四人は不思議そうな顔で、俺の行動を目で追っている。

「何すんの？」

「せっかく来たから、足だけでも入っておこうと思って」

いまだ目に涙の膜を張った渡会に答える。

荷物とサンダルを放り、柔らかい砂の感触を肌で得ながら、波打ち際を目指した。

「あぁ、〝捕まえてごらんなさ〜い〟てやつか」

仲里もスニーカーを脱ぎ捨て、隣に並んだ。

「そういうのじゃないから」

ノリノリの彼に笑い返す。

一歩踏み出すと、小さい波が足の甲を滑った。

また、一歩踏み出す。

深く息を吸い、潮の香りで肺を満たした。

「いーじゃん、日置。なんかカラオケのＭＶみたい」

「……それ褒めてんの？」

揶揄する仲里の脚に、パシャと水をかけた。

「あ、やったな？　最高の褒め言葉なのに〜」

仲里は仕返しとばかりに身を屈《かが》め、バシャバシャと水をかけてくる。宙を舞った水飛沫《しぶき》は、俺の服を濡らした。

こっちは配慮して脚にかけたのに、仲里はそのつもりはないらしい。

それならと、今度は強めに水飛沫を上げる。けれど運悪く、仲里の顔にかかった。プルプルと頭を振った彼は、カラオケのＭＶではなく、渡会と同じくドラマのワンシーンに見えた。

「ご、ごめん」

「大丈夫大丈夫。口ん中入ったからゆすいでくるわ」

「本当にごめん」

「あはは！　全然いいって！」

仲里は豪快に笑い、砂浜へと戻って行った。その背中を追うように足を踏み出すと、目下で何かが光った。

貝殻《かいがら》だ。一つ拾い上げ、夕陽にかざす。光を浴びたそれは、キラリと輝きを放った。

　収集欲がわいた俺は、時間も忘れて貝殻を探した。

「日置、花火やるからおいで」

「んー……」

　子供のような上辺だけの返事。迎えに来てくれた渡会を見上げれば、手に収めていた貝殻を誇らしげに披露した。

「見て、綺麗でしょ」

　ふふっ、と笑みが溢れる。

　渡会はパチリと目をまたたくと、微笑んで頷いた。

　今の俺、すごく精神年齢が低く見えているだろうな。ま、いいや。相手は渡会だし。

　また砂浜に向き直り、目の端に映った貝殻に手を伸ばす。

「まだ集めるの？　早く行こうよ」

「うん」

返事はするが、手は止めない。

頭上から溜め息が聞こえた。かと思えば、腰に腕を回され、振り向く前に体が宙に浮く。

「うわっ、なに⁉」

手に持っていた貝殻が、パラパラと砂の上に落ちる。

「言うこと聞かないから強制連行」

「……ごめんて」

渡会は俺を抱えたまま、ふらつくことなく砂の上を歩いた。

久々に抱っこされたかも……じゃなかった。

「重くないの？」

「………………重くない」

嘘つけ。

身長は渡会のほうが高いが、体重はそんなに変わらないと思う。修学旅行で見たかぎり、一番食べていたのは俺だ。

勝手にショックを受けつつハッとする。

質問を間違えてしまった。降ろしてもらわなきゃ。

「もう降ろしていただいても……」

「足濡れたまま砂浜歩くの？」

「………」

濡れた足にまとわりつく砂を想像して押し黙る。

「嫌なんだ」

渡会は耳元でふっと笑った。

結局、足洗い場まで運んでもらった。俺を降ろした渡会は、労るように腕をさすっている。自分と同じ重さの男を抱えていたのだから、痛くもなるだろう。

「運んでくれてありがと、大丈夫？」

「明日は筋肉痛かも」

「……ごめん、減量する」

罪悪感に眉を下げると、渡会はなぜか嬉しそうに笑った。

「また抱っこしてもらいたいの？」

「あ、いや、そうじゃなくて」

「冗談だよ。サンダルとタオル持ってくるから先に洗ってなよ」

「そういえば荷物……」

思い出して呟く。渡会は歩き出した足を止め、得意げに答えた。

「日置と仲里が遊んでる間に移動させたから、安心して」

「さすが、惚れちゃうな」

「惚れていいよ」

渡会はもう一度笑い、背を向けて歩きだした。

ラブコメ展開一位の男にはかなわないな。

「いいな〜、日置は強火担《つよびたん》がいて」

仲里はバリッと音を立て、手持ち花火の袋を開けた。

「強火担ってなに？」

聞きなれない単語に首を傾げると、堀田が口を挟んだ。

「日置しか眼中にないってこと」

「しかも同担《どうたん》拒否だし」

守崎は渡会を見て溜め息をついた。

「よく分かってんじゃん」

話題の中心である本人は、仲里が開けた袋から花火を抜き取り、そのうちの一本を俺に渡してくれた。

強火担とか同担拒否とかよく分からないけど、つまり執事みたいなものだろうか。それは、似合いそうだな。

水が入ったバケツを囲み、手持ち花火に火をつける。目に焼き付くくらい鮮やかな色を宿した火の粉が、地面に向かって黄金の滝を作った。

「俺にも、火ちょうだい」

渡会は筒状の先端を近づけ、聖火リレーのように花火の寿命を繋いだ。渡会から堀田へ、堀田から仲里へ、仲里から守崎へ……俺が宿した火は、四人の花火へ受け継がれた。

「あ、もう線香花火しかないや」

五人もいれば消費も早く、堀田が五本の線香花火を手に、残念そうに凛々しい眉を下げた。

「なんで線香花火って最後なんだろうな」

カチカチとライターの音を鳴らす仲里。

「〝趣《おもむき》〟ってやつじゃね？」

パチパチと火の粉を放つそれを、守崎は普段手放さないスマホをしまい込んで眺めていた。

一つ、また一つ、火の球が砂の地面に吸い込まれる。最後の一つが消えるまで、俺たちはジッとその様子を見つめていた。

終わってしまった。

ただの紙切れとなった花火の残骸をバケツに放る。

「ご飯にするか～」

しんみりとした空気を吹き飛ばすように仲里の声が響く。

手早く後始末を終えると、空腹を誘う匂いを漂わせる海の家へと向かった。

ここでは新鮮な海の幸を堪能できるようだ。あちこちでエビや牡蠣《かき》などの海産物が、網の上で湯気を立てている。見ているだけで、無意識に喉が鳴った。

お皿の上の海鮮が半分以上胃の中に消えた頃、突然陽気な声が俺たちの間に割って入ってきた。

「お〜、に−ちゃんたち、大学生かぁ〜？」

「おいちゃんたちが奢ったるから酒飲めやぃ」

グラスや酒瓶を抱えたおじさんの集団が、フラフラとしながらこちらのテーブルへ向かってくる。だいぶ酔いが回っているようで、勝手に盛り合わせを注文したり、勝手に身の上話を語ったり、余計なお節介を焼きだした。

「え、どうする？　お店の人呼ぶ？」

肩に腕を回してくるおじさんを躱《かわ》し、仲里が不愉快そうに顔を歪めた。

「じゃ、俺呼んでくるよ」

率先して立ち上がる堀田に通報役を任せる。

喉が渇いた俺は、手前のグラスを手に取った。一気にあおれば、水だと思っていたそれは、喉を焼け尽くすように刺激した。

「……う……げほっ！」

なりふり構わず口の中に残っていた水分を吐き出す。

テーブルの上のグラスや皿が、ぶつかる音を立てた。手が当たってしまったのかもしれない。頭では理解しながらも、わけの分からない感覚に、えずいて咳き込むことしかできない。

「日置！　大丈夫!?」

「お酒飲んじゃった!?」

周りで渡会たちの慌てる声が聞こえた。

他のお客さんのざわつく声も聞こえる。

「日置、水飲める？」

誰かが俺の手からグラスを抜き取った。早く熱い喉をどうにかしたくて、コクコクと頷く。

要望通りグラスを握らされるが、それが水だとしても、先程のことを思い出して手が震えた。

「大丈夫、水だから」

優しく背を撫でられる。

整わない呼吸をそのままに、グラスの中を飲み干した。喉の違和感は残りつつも、多少楽になった。

浅い呼吸を繰り返し、慌ててパッと顔を下げる。

今の俺、涙とか鼻水とかでビシャビシャじゃない？

今度は恥ずかしさに泣きそうになっていると、ずっと背中を撫でてくれていた渡会が声をかけてきた。

「日置大丈夫？」

「…………ぁ、てぃっ、しゅ」

ヒリつく喉から声を捻り出す。

聞き取ってもらえたか不安になるが、彼はまた要望通りにティッシュを握らせてくれた。

最低限の身なりを整え、まだ熱い体を冷やすように空気を取り込む。

「片付けとくからあっちで休んでれば？」

見かねた守崎が、待機用のベンチを指差した。

「あ……俺も……でも、俺が……片付け、る、床」

何も考えずに喋り出したせいで、文がバラバラになってしまった。

床を拭くために急いで立ち上がると、一瞬視界が歪んだ気がした。渡会が腕を掴んでくれなければすっ転んでいた。

「何かあってからじゃ遅いし休もうよ」

渡会はギュッと手を繋ぎ、ゆっくり歩き出した。

「大丈夫？」

「……多分」

「辛かったら言ってね」

「ありがと」

渡会の優しさにホッと熱い息を吐く。

彼がいてくれて本当に良かった。


どのくらい座っていただろう。

落ち着くと思っていた体は、ジクジクとした熱を留めたままだった。なんだか頭もボーっとしている。

「日置、落ち着いたら洗面所行こう」

隣を見ると、渡会は心配そうな表情を浮かべていた。

「…………」

場違いにも、抱き締めてほしいと思った。

不安だから……いや、違うかも。

なんだか人肌が恋しい。渡会は安心するから。

お願いしたらしてくれる？

うまく働かない頭に、いろんな感情が渦巻く。

そうだ、酔ってることにすればいっか。

こちらを向いて座っている渡会にポスッと体を預け、自分よりも広くて大きな背中に腕を回した。渡会は一瞬肩を強張らせたが、すぐに俺の頭を撫でてくれた。

好き、この感覚が。

渡会に触れられることが。

「俺らは何を見せられてんの？」

「酒って怖いな」

「日置は甘えん坊タイプか〜」

頭上から守崎と堀田と仲里の声が聞こえた。

渡会の腕の中で三人の会話を聞き流していると、トントンと肩を叩かれた。

「俺の胸も貸してあげようか？」

首だけ振り向いた先で、仲里が両手を広げていた。

渡会だけで事足りているが、もしかして、これ以上に落ち着く人がいるのだろうか。

興味本位で体を起こそうとすれば、強い力で引き戻される。

「日置は俺と洗面所行くから」

そう耳にするなり、優しく手を引かれた。

促されるまま立ち上がり、呆けた表情を浮かべる三人の元を離れた。

「日置は本当に酔ってんだよね？」

日の落ちた砂浜を歩きながら、渡会は探るような目を向けてきた。

「ん～……少し？」

「少し？」

「……分かんないよ。お酒、初めて飲んだし」

まだフワフワしているけど、さっきよりは落ち着いた気がする……多分。

「酔った俺……変？」

「いや、可愛い」

「そっか」

変じゃないならいいかと眉を下げて笑う。

渡会は困ったように肩をすくめた。

「やっぱ酔ってるね。可愛いって言ったら黙るか否定するのに」

「そ……かもね」

考える前に言葉が出てしまう。酒っておそろしいな。

洗面所、と言っても外付けの水道だ。

パシャパシャと水の音を立てれば、口をゆすぎ、顔も洗った。常温の水なのに、気持ち良く感じるのはやっぱり自分が熱いからだろうか。

「終わった？」

ボーッと排水溝を見つめる俺が心配になったのか、渡会が声をかけてきた。

びしょびしょの顔で頷くと、タオルを差し出してくれる。俺のではない、おそらく彼のタオル。

「使っていいの？」

「いいよ」

「ありがとう」

受け取ったタオルに顔を埋めた。当たり前だが、渡会の匂いがする。

そのまま静止している俺に、また心配の滲《にじ》んだ声がかかった。

「大丈夫？　吐きそうとか？」

「……あ、ごめん。渡会の匂い落ち着くから」

「……またすぐそういうこと言う」

渡会はこめかみに手を当て、大きく溜め息を吐いた。

何か機嫌を損ねてしまったようだ。

「ご、ごめん……これ洗って返すね」

「別にいいのに……あ～、でもお願いしようかな」

「うん」

希望通りの返事に、タオルをギュッと握った。

海の家へ戻る道中。俺のペースで歩いてくれる渡会を見上げ、思っていたことを口にする。

「渡会は優しいね」

「……どんなとこが？」

「えっと、吐いても引かないとか？」

「それはみんな同じだろ」

拗《す》ねたように視線が逸れる。

「あー……あと、肩貸してくれたり、抱き締めてくれたり？」

「それは日置だけね」

「あはは、なにそれ。渡会がいないとダメになっちゃうよ」

「ダメにしてんの」

本気なのか冗談なのか、絶妙な塩梅《あんばい》の返事だった。

やはり、渡会の考えていることが分からず疑問を投げる。

「俺がダメになったらどうすんの？」

「一生面倒見るよ。俺が」

「ずっと一緒にいたいってこと?」

「……まぁ、そうなるね」

ますます意味が分からない。

だって、仮に俺が使えない人間になったとして、渡会には何のメリットもない。

他の理由があるのだろうか。

少しはマシになった脳で必死に考えた。

これまでの彼の行動、言葉、表情……全部思い返した。

「……もしかして、俺、告白されてる?」

言葉にするかどうかの判断は麻痺《まひ》していた。

導き出した答えは、にわかに信じがたいものだ。

先程まで食い気味に答えていた渡会から、すぐに返事はない。代わりに砂を踏み歩いていた足が止まった。

表情はよく見えない。それでも、雰囲気で分かってしまった。

図星だ。渡会は俺のことが好きなんだ。

サァ……と遠くで波の引く音が聞こえた。

「こんなつもりじゃなかったんだけど」

渡会は強く結んでいた口を開いた。

「日置はもう分かっちゃった？」

「え……あ、えっと、渡会は俺のことが、その、好き、なんだよね？」

「そう。もちろん恋愛的な意味でね」

渡会はためらいもなく淡々と告げた。ニコリと微笑む彼の表情は、いつもよりぎこちなく見えた。

「……困らせてごめん」

悲しさが滲む声は、向けられた背の奥に消えた。

俺はただ、小さくなる背中を目で追うことしかできない。

どうしたらいい。

こんなところで、渡会との関係が水の泡になるのは嫌だ。

どうすれば…………いや、もはや考えてる場合ではない。

「待って」

踏み出した先に手を伸ばす。

けれど、届くことはなかった。

視界がグラつき、砂浜も相まって体はバランスを崩す。目の前のことに必死になっていた俺は、すっかり飲酒したことを忘れていた。

この瞬間だけ切り取ると、世界で一番ダサい。

それでもいい。渡会に俺の思いを伝えられれば、それでいい。

傾いた体は砂の上に落ちる、ことなく渡会に抱き寄せられた。こっちは世界で一番かっこいい。

「あ、あの……えっと、俺は好きな人ができたことなくて、告白したこともされたこともないし、恋愛とは無縁だけど……好きは人それぞれだと思うから、その、渡会が……俺を、す、好きでも引かないし、むしろ応援する……は、おかしいのか」

渡会の腕を掴み、すがるように言葉を口にした。

しどろもどろに喋る俺を、彼は黙って聞いていた。

「でも、分からなくて……。嫌じゃない、渡会といるの楽しいし安心するし。ただ、恋愛的な好きかは分からない」

目の前がボヤける。

それでも必死に言葉を紡《つむ》いだ。

「返事はすぐ出せないけど、頑張って答えるから……それまでは、今までと同じように接してほしい」

初めて経験する感情の波に溺れそうになる。

酒のせいでバカになった涙腺は、ポロっと涙を溢した。

「ありがとう」

渡会は俺の目元を拭って微笑んだ。

「日置は俺からの好意は気持ち悪くない？」

素直に頷く。

「好きなままでいていい？」

今度はゆっくり頷いた。

「じゃあ――もう我慢しなくていいよね」

……………はい？

渡会は嬉しそうに笑い、苦しいくらいに俺を抱き締めた。

元々限界だった思考が完全にショートする。

我慢？　何を？

「……我慢してたの？」

「まぁ、それなりにね」

「我慢しなくていいって……何を？」

そう問えば、渡会は溶けた砂糖のような甘い眼差しで俺を見つめた。

「俺が日置を好きなことは伝わった？」

「うん」

「さっき日置は、俺を恋愛的な意味で好きか分からないって言ったよね？」

「うん」

「てことは、そういう意味で好きになってくれるチャンスがあるってことでしょ？」

「……そ、そうなるのかな」

「じゃあ俺は、どれくらい日置が好きかアピールするだけじゃん」

「………」

渡会の圧に押されて腰が引ける。

その自信はどこから来るのだろう。

「俺のことを嫌いになる可能性は……？」

「ないね」

俺の言葉はズバッと切り捨てられた。

「今度、改めて気持ち伝えるから」

「……うん、でも」

「返事は急がなくていいよ、卒業式の日に振ってくれてもいいし」

「………」

卒業まで一年半。

長いようで短い高校生活は、すぐに終わってしまう。

それまでに、自分なりに答えを出して渡会に伝えなければ。

「……頑張るね」

「それ、俺の台詞《せりふ》な」

渡会はそう言って笑うと、俺の手を握った。柔らかい微笑みを浮かべた彼は、吹っ切れたように一歩踏み出した。

「やっぱ日置は部活で筋トレしてんの？」

先程の甘い雰囲気とは一変して、渡会はいつもの調子で口を開いた。切り替えきれない俺は、戸惑いつつも頷いた。

「う、うん。練習メニューに入ってるし」

「……俺も始めようかな」

「なんで？」

「日置に抱っこせがまれたら、余裕で持ち上げられるように」

「あぁ……あれは冗談だけど」

真面目な表情を浮かべる横顔に、思わず笑ってしまう。渡会は俺を一瞥すると、筋トレメニューを考えだした。

「筋トレって……腕立てとか？」

「腹筋とかね。俺もやっと割れてきたよ、ほら」

「…………は？」

シャツを捲り、繋いでいた渡会の手を自分の腹に当てる。

「どう？」

感想を尋ねると、彼はピタリと立ち止まった。

「もう記憶飛んだの？」

「記憶？　なんの？」

「俺が日置を好きなの分かったんだよね？」

「自分に好意を寄せてるやつに、そういう行動取ったらどうなるか、教えてやろうか？」

咎《とが》めるように目を細めた渡会は俺の腹を撫で、そのまま体の輪郭に沿うようになぞった。くすぐったい感覚に肌がピクッと反応する。

「……抵抗しないの？」

「あ……ごめん」

咄嗟に出た謝罪に、渡会は唸るように頭を抱え、しばらく黙り込んだ。

やっと口を開いたかと思えば、鼻先に指を突きつけられる。

「とりあえず、日置は成人したら俺以外と酒飲むの禁止」

「……なんで？　渡会が知ってる人とでも？」

「ダメ、絶対無理ヤダ。仮に誰かと飲むとしても必ず俺に連絡して」

「……覚えてたら、する」

「絶対しないじゃんそれ…………やっぱ、恋人じゃないと縛れないな」

「……う、うん」

渡会は低い声で呟き、重い溜め息を吐いた。

なんか、すごいことを言われた気がする。

「と、とにかくもう戻ろ」

「……そうだね」

不満げな返事をした彼は、当たり前のように俺の手を取った。

ご機嫌はド斜めだが、繋がれた手は優しく、酒の回っている俺を気遣って歩幅も合わせてくれる。脳と体は別で動いているのかもしれない。


三人の元へ戻った頃には、電車の時間が迫っていた。

「全然話せなかったな」

「酔っぱらいおじさんのせいだよ」

堀田と仲里は、愚痴を口にしながら席を立った。

「いーじゃん、お詫《わ》びで奢ってくれたし」

「え、そうなの？」

守崎の言葉に、もう帰ってしまったおじさん集団のテーブルを振り返る。

「ごめんな～て言って、お金置いてってたよ」

堀田は声を上げて笑い、駅へ向かって歩きだした。

申し訳ないことしたな……いや、してないな。勝手にお酒を置き忘れたのはあっちだし。

いろいろあったけど、楽しかったな。

今日の記憶をたどれば、堀田のパンが攫《さら》われた事件を思い出して笑みが溢れた。

「まだ酔ってる？」

隣を歩く渡会が顔を覗き込む。

「さぁ？　アルコールは抜け切ってないと思うけど、ちゃんと意識はあるよ」

彼を見上げて微笑む。俺の反応に、渡会も笑みを浮かべ、わしゃわしゃと髪を掻き撫でてきた。

「甘えた日置も可愛かったよ」

「……どうも」

髪を直しながら、形だけ礼を伝える。

渡会からの褒め言葉は慣れたと思っていたのに、告白のこともあって、なんだか変な感じがする。

けれど、この時の俺はまだ知らない。

渡会の好意は、こんなものではないことを。

文化祭・前編

告白の答えを見つけ出せないまま、二ヶ月が経った。

文化祭まで数日を切った教室内は、浮かれるどころかピリピリとした雰囲気を纏《まと》っていた。男女間だけでなく女子同士でも、大きな衝突はないものの意見が割れたり微妙な空気が流れている。

「そこ色違くない～?」

「なんで?　合ってるよ」

「布足りないから他のクラスから貰って来てよ」

「この前も貰ってたじゃん。他で代用すれば?」

棘《とげ》のある言葉が行き交う。そんな空気から背くように目線が落ちた。絵の具の筆を、何度も同じ段ボールの上に滑らせながら、小声で隣に話しかける。

「いつもこんな感じだったの？」

「あ～……今よりはマシだった気がする」

　この〝いつも〟は、文化祭準備期間に入る前の放課後のことを指す。運動部は部活動優先だったので、文化祭の準備は文化部が進めてくれていた。

　渡会は俺に返事をしたあと、絵の具の筆を水の入っているカップに入れ、クルクルと回していた。色を塗っているわけでもなく、水を掻き混ぜているだけ。ようするに、何もやりたくないらしい。

　渡会だけでなく、仲里と堀田と守崎も、作業しているように見せかけて話していたり、スマホをいじったりしている。

「塗り残しを埋めてほしい」と文化祭実行委員のクラスメイトから道具を渡され、何に使うか分からない段ボールの前に連れてこられた。今は指示通りに色を塗っている。

　使えばなくなるもので、膨らんでいたチューブは、いつの間にかぺしゃんこになっていた。

作業を止め、腰を上げる。

「どこ行くの」

渡会は焦ったように俺の腕を掴んだ。

「絵の具借りに行くだけだよ」

「あぁ……なるほどね」

カラのパレットを見た彼は、しぶしぶ手を離した。

ずっと座っていたから腰が痛い。背筋を伸ばして骨を鳴らすと、近くのクラスメイトの元へ向かった。

「白の絵の具借りてもいい？」

「えっ、白？　………別にいいけど」

了承の言葉とは裏腹に、不機嫌そうな声色だった。

愛想が悪い態度にイラッとする。けれど、こちらも同じ態度で返したら、さらに空気は淀《よど》むだろう。

「絵の具ありがと。てか絵上手いね、俺美術の成績良くないから羨ましい」

なるべく明るい声を意識した。顔を背けていたクラスメイトはパッと振り向くなり、なぜか泣きそうに顔を歪める。そして、俺の肩を勢いよく掴んだ彼は、プルプル震えながら語りだした。

「日置……お前だけだ、褒めてくれたのは………」

「……そ、そうなんだ。みんな言ってるかと思った」

「いーや！　そんなことないね！　美術部だから絵を描けて当たり前とか思われてるのか知らんけど日置が初だ！」

「そっか……その、いろいろありがと」

「ひ、日置……お前ってやつは……結婚して……！」

「断る」

俺が言おうとした台詞は、背後から聞こえた。振り返ると、渡会が笑顔を貼り付けたまま近づいて来る。

「絵の具ありがとね」

そう言って彼は白の絵の具を手に取り、俺のジャージを引っ張った。よろけると共に、クラスメイトの手が肩から外れる。

放心しているクラスメイトを置いて作業場所に戻れば、ふてくされた渡会の隣に座った。

「そんなに俺が他の子と話すのダメなの？」

「……ダメじゃないけど、さっきのは内容が良くないだろ」

「アレは冗談の範囲でしょ」

「じゃあ俺と結婚しよ」

「は？」

「結婚して」

「……いや、渡会が言うと違うじゃん」

だって、渡会は俺のことが好きなんだろ？　冗談に捉えるわけない。

最近様子のおかしい渡会と、小学生みたいなやり取りをしていれば、守崎が横から口を挟んだ。

「渡会、呼ばれてるよ」

「………またかよ」

扉のほうに目を向けた渡会は、深い溜め息を吐いた。その視線を追うと、小さい影が見える。おそらく女子生徒だろう。

「なんの呼び出し？」

重い足取りで女子生徒の元へ向かう背中を見つめ、疑問を口にする。

「告白だよ、告白」

仲里が呆れたように笑った。

「学校行事のたびにこうだよな～」

「次はクリスマス前に来るんじゃね」

堀田と守崎も、遠い目をしながら呟く。

「じゃあ、仲里たちも何回か告白されたんだ？」

モテる彼らなら、もちろん告白が殺到しているだろう。

返ってくる答えには予想が付きつつ尋ねれば、三人は顔を見合わせ、疲労の滲んだ表情で頷いた。

「俺は校門で待ち伏せされた」

「俺は下駄箱に果《はた》し状《じょう》みたいな手紙」

「俺は駅前、なんならホーム」

大変みたいだな。

彼らの苦労を想像していると、守崎の視線が刺さった。しかし、何も言ってこない彼に首を傾げる。

なんだ、俺は女子からの告白エピソードはないぞ。

「なに？」

「いや……あいつも焦ってんじゃねーのかなって」

「焦るって何に？　誰が？」

「そのうち分かるだろ」

守崎はそれ以上は話す気がないようで、スッと目線を逸らした。

ヒントくらい教えてくれてもいいのに。

「なんの話してたの？」

会話が途切れたタイミングで、ちょうど渡会が戻ってきた。質問を投げておきながら、彼は隣に腰を下ろし、何かを確かめるように頭を撫でてくる。いつもならすぐ離れる手は、頭や頬、耳までじっくりと触ってくる。三人の前で、しかも教室でこんなに触れてくるのは珍しい。

やっぱり最近の渡会は何かがおかしい。首元に指が触れると、ゾクッとした感覚に襲われた。

「ちょっ……渡会、待っ――」

「日置、呼ばれてるよ」

渡会の肩を押し、距離を取ろうとした瞬間、頭上からクラスメイトの声が降ってきた。

「誰に？」

「え？　あぁ……」

クラスメイトは、困惑した表情で教室の扉を指差した。

それもそのはず。呼んだのは俺なのに「誰に？」と返事をしたのは渡会だったから。

俺も驚いて隣を窺う。渡会から、いつもの余裕は感じない。少し背筋を伸ばした彼は、扉に立つ人影を見て頬を引きつらせた。

目線の先には、一人の女子生徒が立っていた。

「告白……？」

仲里がポツリと溢す。

ジャージの裾を引っ張られる感覚に顔を上げれば、渡会は不安と心配に染まった瞳を揺らし、俺を見つめていた。

「大丈夫だよ」

「………」

今はそれしか言葉にできなかった。渡会からの返事はない。

待たせるのも申し訳なく、裾を握っている彼の手を外すと、女子生徒の元へ向かった。

「待たせてしまってごめんなさい」

「いえ、大丈夫です。あの、少しお話したくて……」

ネクタイや指定サンダルの色から、一年生だと分かる。上級生の階が落ち着かないのか、目の前の小さな女子生徒は「移動してもいいですか？」と眉を下げた。

階段を降り、一年生の教室とは反対側の廊下を歩いた。ひとけのない校舎裏に着くと、女子生徒は急に振り返って握り締めていた何かを差し出してきた。

「あの、これ………！」

ピンクと白を基調とした、可愛らしいデザインの手紙だった。

宛名を確認すれば、予想が確信に変わる。

「渡会先輩にお渡ししてもらえないでしょうか！」

やっぱり。

何となく、彼女の前に立った時点で分かっていた。彼女の視線は俺ではなく、教室の奥へ向けられていたから。あの四人の誰かだろうと思った。

勇気を振り絞る相手を間違えてないか。心の中で溜め息をつき、そっと手紙を受け取った。

「分かりました。渡しておきます」

「あ、ありがとうございます……！」

「あの、一つだけ質問していいですか？」

「え？　はい……」

ただの通達係から何か言われるとは思っていなかったようだ。彼女の表情は、みるみる困惑に染まっていった。

意地悪な自分に呆れながら、目の前の女子生徒を見つめる。

「渡会のどこが好きなんですか？」

「え？」

「あ、いや、深い意味はないです。ただ気になったというか」

「あぁ……そうなんですね」

自分にそんなことを聞く資格などないことは分かっている。それでも、渡会の告白に答えるためのヒントが欲しかった。

黙って返答を待っていると、女子生徒はじっくり考えたあと頬を染めた。

「初めて見た時、お顔が好きで……あっ！　もちろん顔目当てではないですけど！」

女子生徒は慌てたように首を左右に振った。

人の第一印象は、どうしても容姿に向いてしまうものだ。好みかどうかは別として、顔が整ってるなとは俺も初対面から思っていた。

女子生徒が俺の顔色を窺う。見上げてきた彼女に、先を促すようニコリと微笑んだ。

「付き合ったら大切にしてくれそうだし」

それも分かる。周りから強火担と言われるくらいだから、一途なのは間違いない。俺も実感している。

「優しくて、意地悪とかしてこなさそうだし」

朝の起こし方が、布団を剥ぐという暴挙はあるけど。多分これは、男同士だからかもしれない。

優しいところも頷ける。基本的に気遣いができるし、短気ではないと思う。なんだ、やっぱり他の人から見ても同じなんだな。

満足して話を切り上げようとしたが、渡会への想いが熱くなったのか、女子生徒は止まることなく喋り続けた。

「あと、控えめそうっていうか、グイグイ来なくて適度な距離を守ってくれそうっていうか」

「…………ん？」

そんなことはないと思うけど。むしろ、距離は近いし隙さえあれば〝好き〟と伝えてくる。ところ構わず手を繋いできたり、くっついたりもする。周りからは、これも「適度な距離」に見えるのだろうか。男子高校生って、そんなもんでしょ、みたいな？

予想外の発言に、思わず声が漏れてしまったが、女子生徒は気にすることなく熱弁を続けた。

「いつも爽やかで、嫉妬とか束縛はないだろうし」

「………」

ガチガチにしてますけど嫉妬。本人も自覚はあったはず……。

束縛はない……いや、『恋人じゃないと縛れねーな』とか言ってたな。束縛気質あるな。

女の子は好きな人の理想になりたいと思いつつも、自分の中でも好きな人の理想像が出来上がっているらしい。

「例えばですけど、渡会が思っていた性格と違っていたら幻滅《げんめつ》しますか？」

切り上げようと思っていたのに、女子生徒の熱に乗せられ、重ねて質問を投げてしまった。目の前の女子生徒は大きな瞳をまたたくと、視線をさまよわせ、自信がなさそうに口を開く。

「幻滅まではしませんけど……多少のショックはあると思います。で、でも！　それも受け入れるうえで付き合いたいんです！」

「……………そ、そうですか」

中途半端な俺ではなく、こういう子が渡会と付き合うべきじゃないか？

もちろん俺だって渡会は好きだけど、彼女の熱量に比べたら、ちっぽけなものだ。それに渡会だって、自分を好いてくれる気持ちが大きい子のほうが……。

「いろいろ答えてくれてありがとうございます。伝えておきます」

「こちらこそ熱くなってしまってすみません。よ、よろしくお願いします！」

「見回りの先生もいるから気をつけて教室戻ってね」

「はい！　ありがとうございます！」

女子生徒はペコッと頭を下げ、校舎の中へ姿を消した。心なしか、彼女の表情はスッキリとしていて眩しかった。

「…………」

小さい背中が見えなくなると、壁に背を預けてズルズルと座り込む。

本当は少しずつ固まっていたと思う。俺も渡会が好きだって、自覚してきていた。

あとは伝えるだけだったのに、あの子の真っ直ぐな瞳を見て揺らいでしまった。

俺のほうが渡会のことを知っているし、好きなのに。

「ははっ………情けな……」

ポツリと溢れた言葉は、冷たい地面へ落ちる。

そこまで好きなら、直接伝えてほしかった。あれだけ真剣になれるなら、その勇気もあったはずだろ。なんで、どうして、よりによって俺に手紙を渡してくるんだよ。

恋って苦しい。好きになるって苦しい。

遠くでチャイムの鳴る音が聞こえる。小さく息を吐くと、重い脚を叱咤して立ち上がった。

教室に入るのが怖いと思うなんて、初めてかもしれない。

廊下から伝わるくらい、どのクラスも相変わらず雰囲気はピリピリとしたまま。その空気に当てられ、さらに気分が下がる。

俺が席を外していたのは、ほんの数分だったらしい。呼び出し前の光景から、教室の内装はさほど変わっていなかった。

元の作業場所に戻ると、四人は俺を見上げた。

誰もが緊張の面持ちを浮かべる中、渡会は不安なのか、心配なのか、怒りなのか読み取れない表情に顔を歪めていた。一周回って〝無〟にも見える。

「そんな怖い顔で見ないでよ。告白じゃなかったし、郵便頼まれただけ」

なるべく平静を装って笑顔を作る。

「なんだ、違かったんだ……郵便ってその手紙？」

仲里は安心したようにホッと胸を撫で下ろした。

俺が持っている手紙に視線が集中する。明らかにラブレターだと分かる見た目に、また場の空気が凍った。

これを渡す相手が他の誰かなら、どれほど楽だっただろう。

「渡会にって、一年生の子から――」

パシンッ。

乾いた音が響いた。

一瞬、何が起きたか分からなかった。差し出したはずの手紙はヒラヒラと床に落ち、自分の手はジンとした熱をおびて赤く色づいていた。

初めて渡会に拒絶された。

俺たちの場所だけ、教室から切り離されたように静かになった。

誰もが目を見開いて渡会を見つめている。けれど、この中で一番驚いていたのは渡会自身だった。俺の手を弾いた彼の手は、わずかに震えていた。

床へしゃがみ、落ちた手紙を拾う。俺が動いたことが合図になったのか、張り詰めていた糸が切れた。

「ご、ごめん……」

弱々しい渡会の声が聞こえた。その声に小さく頷くしかできなかった。

大丈夫、と笑えたら良かった。告白ばっかりで気が滅入っちゃうよな、と冗談を言えれば良かった。

声が出せない。一言でも溢したら、泣くと分かっていたから。

ジワジワと目頭が熱くなってくる。

「………日置」

大きな手のひらがそっと肩に触れた。

伏せた顔が上げられず、手紙を見つめる。心配させないように笑顔を作ろうとするのに、うまくいかない。

「来て」

その声に優しく腕を引かれた。

教室から出る間際、守崎の「ごゆっくりー」とのんきな声が聞こえた。


文化祭準備期間は、空き教室が多くなる。とは言っても、ガラガラではなく、使わない机や素材が強引に押し込まれている物置きみたいな状態だった。

教室から少し離れた空き教室に入ると、渡会は俺を窺うように首を傾げた。

「抱き締めてもいい？」

「………うん」

素直に頷けば、渡会にしてはぎこちない動きで俺を抱き締めた。

「さっきはごめん。日置が嫌いになったわけじゃなくて、俺の中でいろいろ混乱しちゃって……」

「……うん」

彼の背に腕を回し、ギュッとジャージを掴んだ。擦り寄るように肩へ頭を預ければ、いっそう抱き締められる力が強まる。

「好きだよ日置、大好き」

「……うん」

自分の不甲斐なさに辟易《へきえき》してしまう。

彼はこんなに気持ちを伝えてくれるのに、俺は今日初めて会った女子生徒との会話だけで、渡会と向き合うのを諦めようとしてしまった。

「……さっきの子と話して、簡単に揺らいだんだ」

渡会から体を離し、ポツリと呟いた。床に座り込めば、渡会も隣に腰を下ろし、俺の言葉に耳を傾けてくれた。

我慢していた涙が頬を伝い、声が震えた。けれどもう、溢れ出した想いを止めることは難しかった。

「渡会の好きなところを真剣に語ってくれた。だから……ああいう子が、渡会と付き合うべきなんじゃないかって」

そう口にした瞬間、空気が変わった気がした。

怒らせてしまったかもしれない。

顔を上げることはできず、ポロポロと涙を流す。

「終わりにしようって……思って、もう……悩みたくない、から」

だんだん自分が何を言っているのか、何を伝えたいのか分からなくなってきた。

「でも……諦めようとしたくせに、渡会から拒否されたら……頭、まっしろに、なるくらい傷つい、て……」

ヒクッと喉が引きつる。

息が詰まって苦しい。胸が締め付けられて苦しい。

海で告白された時も、俺は泣きながら渡会に思いを伝えた。頑張って答えを出すからと。そのために時間をくれと。その判断は、自分の首を絞めるだけだった。

正しい答えなんて最初からなかった。時間を伸ばすだけでは何も掴めない。

「……日置が悩んで、苦しんでるのも考えないで……ごめんな」

渡会の優しい声が耳に届く。目頭を拭って顔を上げると、困ったように笑う彼が映った。

違う。謝らせたいわけではない。

止まらない涙をそのままに、強張った背に腕を回した。

「違くて……渡会は何回も、俺を好きって言ってくれてるのに……俺が……」

「うん」

張り詰めた空気が緩み、温かい腕の中に閉じ込められた。

その時、ポケットに突っ込んだ手紙に手が触れたのか、カサッと音がした。

俺の中で、その音が引き金になったようだ。

「俺のほうが……あの子より、渡会のこと知ってるのに……俺のほうが、あの子より……何倍も、何十倍も、何億倍も、渡会のことが、好きなのに……！」

「うん…………………ん？」

俺の背を撫でていた手が、ピタリと止まった。急に寂しくなって、さらに抱き締める力を強める。密着した体から、ドクドクと脈打つ心臓の音が流れ込む。

震えた呼吸の音が聞こえると、熱いくらいの体温が離れた。

「日置、今なんて言った？」

「え？　今？　……俺のほうが渡会のこと知ってるって」

「うん。それもだけど、そのあと」

「そのあと……？　俺のほうが、渡会のこと…………好き……って」

先程の言葉を振り返れば、しばらく思考が止まった。

好き。

言った、言ったな、言ってたな。

「あ……これは、…………その」

「いいよ、それが本当でも嘘でも。日置から好きって言ってもらえたから、今日はそれで充分」

　渡会は幸せそうな笑みを浮かべ、埃っぽい床も気にせず、コロンとうしろへ身を投げた。口元を押さえ、肩を揺らしてクスクス笑っている姿を、ただ見つめることしかできない。

「……そんなに面白いの？」

「ん？　あぁ、違くて。安心したら笑えてきた」

「安心？」

「そう、最近ずっと焦ってたから」

　焦り、という言葉に、ふと守崎との会話が頭をよぎった。「あいつも焦ってるんじゃねーかな」と彼は言っていた。

　その答えは、渡会本人が教えてくれた。

「去年もそうだったけど、こういうイベント時ってよく告白されんだよね。思い出作りみたいな」

「……思い出作り？」

「そう。リア充してるっていう証明みたい。それで、何回か告白されていくうちに心配になって」

「なんで？」

　渡会を見下ろしたまま首を傾げれば、綺麗に整った眉が下がった。

「日置もこんな気持ちだったのかなって。突然、好きでもない相手から告白されて……日置は優しいから真剣に考えてくれてるけど」

「………………」

「……日置も告白されたらＯＫする可能性もあるよなって勝手に想像してさ。早く俺を選んでほしいって焦ってたんだよね」

　なるほど。最近感じていた違和感の正体はこれだったのか。

「嘘じゃないよ」

　彼の心配を晴らすように呟いた。

「渡会のこと、好きだよ」

「…………うん、ありがと」

大きな手のひらが俺の頬を撫でた。優しい手つきに目を細めれば、彼の顔に微笑みが広がった。

頬を撫でていた手が、唇へと移る。ふにふにと感触を味わった手は、後頭部に回り、優しく引き寄せた。

ドクンと心臓が跳ねる。どけようとは一ミリも思わなかった。

キスは初めてなんだけどな。

そっと目を閉じた。

二つの影が重なろうとした、その瞬間。

「お取り込み中悪いけど、もう戻って来てくんね？」

勢いよく扉が開いた。

え？　今？

渡会との距離がわずか数センチの状態で固まる。

扉を開け放った犯人の守崎は、俺らを見下ろし、クイッと顎で教室のほうを示した。過度な反応は嫌だけど、無反応もなかなか傷つくな。

「お前、わざとタイミング狙ってただろ」

「さぁ？　なんのこと？」

文句をぶつける渡会に、守崎はニコッと笑顔を貼り付けてこの場を離れた。

気が抜けて、ポスッと渡会の胸に頭を預ける。伝わってくる鼓動は抱き締められた時より速くなっていた気がした。

「……戻ろうか」

「待って」

優しく腕を引かれ、引きとめられた。

振り向く前に、柔らかい感触が肌に触れる。

「え」

一瞬の出来事に、頭がフリーズした。

「いま、キス……」

「うん、したよ」

「そう……」

キスされた頬をなぞる。徐々に熱を帯びたそこは、触れた指先まで熱くした。

これから教室に戻るのに、なんてことを。

「ちなみに〝キスは好きな人にしかしない〟がモットーだから」

そう言って立ち上がった渡会は、促すように手を差し伸べてくる。呆然としたままその手を掴むと、ポケットから何かが滑り落ちた。

「あ……」

所々折れてしまった手紙は、寂しげにパサッと音を立てて床に着地した。

拾い上げたそれを、恐る恐る渡会に差し出す。

「い、いる？」

「……俺宛だから貰っとく、一応」

手紙は綺麗に折りたたまれ、彼のポケットの中へ消えた。

名前も知らない女の子には、申し訳ないことをしてしまった。でも、もしまた通達係を頼まれた時は、手紙より本人に直接伝えることをオススメしよう。

「衣装とクラスTシャツ届いたから試着してー！　サイズ合わなかったり、不備あったらこっちに教えてくださーい！」

　実行委員が、教卓にドンッとダンボールを置いた。クラスメイトたちは、わらわらと教卓の周りに集まり、できたばかりの衣装に盛り上がっている。

　五組のクラスのテーマは、ハロウィンカフェ。

　各々好きなコスプレをするのではなく、統一感を出すために中世ヨーロッパの貴族をコンセプトにしている。フリルシャツやベストなどの服装に、悪魔の角や狼の耳をつける程度のもの。女子は丈が長いメイド服を着るらしい。

　面白味は薄いが、そのぶん、クオリティに力を入れるようだ。

「日置、これと……これもつけて」

　装飾を選んでいる最中、渡会が狼の耳を俺の頭に被せてきた。テーマパークのカチューシャとあまり変わらないデザインだ。今回違うのは、尻尾もあることくらいだろうか。腰にベルトを回すと、お尻でふさふさな尻尾が揺れた。手を伸ばせば、ふわふわとした感触が伝ってくる。

「可愛い」

渡会のとろけた声が耳に届く。一人だけ、ピリピリとした雰囲気にはそぐわない、ポワポワとした空気を放っている。その様子に笑いを溢すと、デジャヴのようにクラスメイトの声がかかった。

「日置、呼ばれてるよ〜」

「誰に？」

「え？　あぁ、部活の……」

クラスメイトは、俺の部活仲間の名前を挙げた。

今回も「誰に？」と聞いたのは、俺ではなく渡会だった。ただ、前回と違って、今は安堵の表情を浮かべている。

「三秒で戻って来て」

お馴染《なじ》みの無茶な要望が飛んでくる。

それよりも、俺は今の格好のほうが気がかりだった。いくら辻谷たちとはいえ、文化祭当日ではないのにこの格好で会うのはかなり恥ずかしい。

急いで着替えようとシャツに手をかけた時、扉のほうから馬鹿でかい声が俺を呼んだ。

「ひーおーきーくーん！　早くしないと勝手にシフト決めちゃうよ！」

「一番最後の片付けまでやらされるとこ入れるぞ～」

「あと一秒でこ～い！」

ひどい、ひどすぎる。

シャツから手を離し、駆け足で向かう。恥ずかしさを振り切って廊下に出れば、辻谷と猪野はパチリと目をまたたいた。

「うわ、何？　イメチェン？」

「陽キャ見習いから路線変更したん？」

「お～、尻尾フワフワじゃん！」

「……早く要件」

尻尾を触ってくる水無瀬の手を払いのけ、羞恥心に顔を顰める。

辻谷は恥ずかしがる俺をひと笑いすると、一枚の用紙を差し出した。見出しには「部活別受付シフト」と書かれている。

「え、まさか俺らの部活、受付係なん？」

用紙から顔を上げれば、辻谷と猪野は力強く頷いた。

「そうそう。そのまさかだよ」

「他の部活も担当だから、一回入るだけでいいらしいけど」

「さっきも言ったけど、最後のシフトのやつは片付けもしなきゃだから」

いっこうに尻尾を離さない水無瀬は、手触りの良い素材を撫でながら呟いた。

彼を止めることは諦め、シフト表に目を通す。空いている箇所は十一時からと、十六時からしか残っていなかった。

「なんでほぼ埋まってんの」

「……なんか、顧問が俺たちに伝えるの忘れてたらしい」

猪野が乾いた声で笑った。

何をやってるんだ顧問、しっかりしてくれ。

溜め息をつき、もう一度用紙に目を通すが、答えはすでに決まっていた。

十六時が最後なので、もはや考える間もなく十一時からにしたいわけだが……。

「わざわざ言いに来るってことは、なんかあんだよね？」

疑いの目を部活仲間へ向ける。三人はそれぞれ違う方向へ顔を逸らした。

「ん～……まぁ、その、残りは俺らか一年かなわけよ」

「心優しい日置はどう思うのかな～みたいな？」

「罪悪感に病まないかな～みたいな？」

部活の後輩の顔が浮かぶ。顧問の確認不足とはいえ、後輩たちも最後は嫌だろう。辻谷たちが勝手に決めてくれれば、なんとも思うことはなかったのに、彼らは道連れを選んだようだ。

「じゃあ、お前らはどうなの？　…………分かった、〝せーの〟で何時からがいいか言おう」

三人がしぶる素振りを見せるので、強制的に意見を聞くことにした。

「せーの――……」

「「「「十一時」」」」

ごめん、後輩たち。優しくない先輩を立ててくれ。

こんなことで亀裂が入る関係ではないが、ジワジワと罪悪感は芽生えていた。辻谷も同じことを思ったようで、微妙な雰囲気を振り払うように話題を変えた。

「じゃ、これは顧問に伝えとくから。てか日置のとこは何すんの？」

「ん？　あぁ、ハロウィンカフェだよ」

「何売るの？」

先程からずっと尻尾を触っていた水無瀬は「カフェ」という単語にパッと顔を上げた。

「何だっけ……クッキーとかクレープだった気がする」

そう伝えれば、甘党の彼は嬉しそうな笑顔を見せた。それでも尻尾を触る手は止めてくれない。正直、尻尾が揺れる振動が、ベルトから腰に伝わってくすぐったい。

「え、ソレそんなに気持ちいいの？」

猪野も気になっていたのか尻尾に手を伸ばしてきた。それに比例して、腰への振動も大きくなる。

もうベルトを外して触らせよう。そう思ってバックルに手をかけたところで、いきなり肩がうしろへ引かれた。

「お触り禁止だけど」

不機嫌な低い声が耳に響く。振り向くと、渡会がスッと目を細めて部活仲間を見下ろしていた。

三人は突然の牽制《けんせい》に、キョトンと目を丸くした。頭に大量のハテナを浮かべ、俺を窺ってくる。彼らはこちらの事情など知らない。その反応も頷ける。

渡会の嫉妬をどう説明しようか考えていると、意外にも口を開いたのは水無瀬だった。

「てか、お前が決めることじゃなくね？」

「は？」

渡会がさらに低い声で唸る。

重たい空気に、いたたまれなくなる。

口を挟もうとするも、今度は辻谷と猪野に遮られた。

「そ、それな。こちとら日置を取って食おうとは思ってないし」

「そうそう。お、俺らと日置が仲良いのが羨ましいのは分かるけど……」

ビビっているのか声は少し震えていたが、猪野は言葉を区切ると自分の発言にハッとした。

「あー……なるほどな。お前嫉妬してんだろ！　俺らと日置が仲良しだから！」

ビシッと人差し指を立てる猪野に、続けて辻谷と水無瀬も加勢した。

「あぁ、そういうことか。なんだよ早く言えよ！」

「だからってどうすることもできないけどな！　俺ら仲良しだし！」

最悪だ。火に油を注ぎやがる。

辻谷たちは、小学生が意地を張るようにフンッと鼻を鳴らした。そして、勝ち誇った口振りで喋りだした。

「俺は中学時代も一緒だからな～、卒業式に緊張して〝在校生起立〟で立ち上がった日置を知らないとか、笑っちまうな」

「それはお前だろ」

猪野の言葉に首を振る。

「部活の合宿で、ずっとシャツを裏返しに着て一日中過ごしてた日置も知らねーんだろ？　可哀想にな」

「それもお前だろ」

水無瀬の言葉を否定する。

「暇だったから、休み時間に日置の弁当からデザートのゼリー抜き取って食べてたのも知らないなんて」

「それもおま……は？　なに？　初耳なんだけど」

勝手に黒歴史を押し付けてくる猪野と水無瀬に呆れていたが、最後のカミングアウトは聞き捨てならない。

渡会の手を外し、辻谷の肩を掴むと前後に揺らした。

「……何シレッと自白してんの？」

「はい」

「……まず言うべきことがあるだろ」

「すみませんでした」

「……違う、味」

「え？　そっち？」

「いーから、何味だったかって」

「え、みかん……果肉入りの」

よりによって果肉入り。一口サイズではなく、大容量のものだったのか……。

恨みを込めて辻谷を睨《にら》みつける。彼は、俺の目を見てヘラッと笑った。

「ごめんて日置」

「友達やめようかな」

「……そうか、分かった。友達やめて親友ってことだな」

「なんで昇格してんだよ」

辻谷のポジティブ思考に頭を抱えると、背後から「あはは！」と笑う声が聞こえた。

声の主の仲里と堀田は、目に涙を浮かべながら顔を覗かせた。

「待って、面白すぎるんだけど」

「お前らってそんな性格だったんだな」

二人は廊下に出て来るなりスマホを取り出した。

「友達ならね？」

仲里の言葉に、部活仲間の三人は顔を見合わせた。

「「「仕方ないな。いいだろう」」」

なぜか上から目線で頷く三人。

連絡先を交換する友達を横目に、いまだ唖然《あぜん》としている渡会を見上げた。

「渡会も友達になろうよ」

「……てか、こっちは相思相愛なんだけど。親友より上なんだけど」

「あ～……うん。それは、ごめん」

不満な表情を浮かべる彼を、宥めるようにポンポンと背を叩く。

「もしかしたら日置の意外な写真とか投稿してるかもしれねーのに、友達なんなくていいの？」

俺たちの間に割り込んだ守崎は、そう言い残して盛り上がる輪の中に入っていった。

「俺も、あとこいつも」

守崎が目線だけ渡会に向けた。渡会はさっきの今で気まずいのか、足を踏み出せずにしぶっている。そんな彼を見た部活仲間の三人は、ニヤッと口角を上げた。

「日置の写真は中学からあるから、見たかったら見せてやるよ」

「あと部活中とか、プライベートもあるな」

「ま、俺たちに冷たく当たらないのが条件だけど」

「「「どうする？」」」

三人の目が三日月の形に歪む。悪魔のようである。

「友達なろ」

渡会は迷いなく頷き、スマホを取り出した。

自分を売られたのは気になるが、仲良くやれそうな雰囲気にホッと胸を撫で下ろした。

和気あいあいと会話を弾ませる七人の友達を眺めていると、輪の中から猪野が手招きしてきた。

「な、日置来いよ。友達記念に写真撮ろーぜ」

「おけ」

一歩踏み出せば、渡会に腕を引かれた。

「日置はここ」

「うん」

楽しそうな渡会に自然と頬が緩む。

「何してるの～。今は休み時間じゃないでしょ」

撮った写真をチェックするため、輪になって一台のスマホを覗き込んでいると、見回りに来た担任に見つかってしまった。

「すみません～！　ちょっと部活の要件伝えてて」

辻谷は没収されないよう後ろ手にスマホを隠し、愛想笑いを浮かべた。ジリジリと後ずさったかと思えば、脱兎《だっと》のごとく駆けだす。

「もう終わったんで戻りますね〜！」

「失礼しました〜！」

猪野と水無瀬もペコッと頭を下げ、辻谷に続いて教室へ戻っていった。

取り残された俺たちも、逃げるように教室へ足を向ける。

「あ、そうだ」

担任の一声に、五人の足がピタリと止まった。

誰もが冷や汗をかく中、担任は上から下までの俺たちの格好を観察したあと、満面の笑みを浮かべた。

「売り上げが多いクラスの先生には賞があるんだけど、期待してるね」

そう言い残して、担任は廊下の曲がり角へ姿を消した。

俺たちは顔を見合わせ「やれやれ」と肩をすくめた。

きっと、さぞかし狙っている景品なのだろう。瞳の奥は、ギラギラと炎が燃えていた。

担任を見送って教室に入れば、今度は渡会が期待の眼差しを向けてきた。

「日置、今の期間って放課後に部活ないんでしょ？」

声色には嬉しさが滲んでいる。

「うん、ないよ」

「じゃあ一緒に帰ろ」

「いいけど、みんなでどっか寄るの？」

「ん？　いや？　二人で」

「二人？」

てっきり八人で帰ると思っていた俺は、予想外の提案に首を傾げた。

渡会は人目も気にせず俺の頬を撫で、ふわりと微笑んだ。

「少しでも日置と一緒にいたいから」

そういうことか。

今日は八人の友達記念でもあり、二人の両想い記念でもある。渡会としては、後者を優先させたいらしい。一緒に帰るだけで、こんなに嬉しそうな顔をする渡会が可愛くて仕方ない。

文化祭まであと数日。ピリピリとする雰囲気は嫌だが、学校に行く楽しみは増えた。

何か忘れている気がするけど。まぁ、いっか。

文化祭：後編

校内全体が活気に溢れていた。あちらこちらから呼び込みや歓声、時にはお化け屋敷を催しているクラスからは悲鳴も聞こえてくる。

控え室に当てられた空き教室の中。廊下から響いてくる音をＢＧＭにパンフレットを眺めていると、目の前に影が差した。

「何か気になんの？」

「ううん、面白いのないかなって」

顔を上げた先には、衣装に身を包んだ渡会が立っていた。装飾を身に付け、髪もスタイリングしてある。イケメンの力は凄まじいもので、「これから撮影です」と言われても、何の違和感も持たないくらいに輝いていた。それはうしろで準備している仲里と堀田と守崎も同様であった。

渡会は無言でジッと見つめる俺に微笑み、近くの椅子を引っ張って隣に腰を下ろした。体育館のステージプログラムを目で追う、彼の端正な横顔を見つめて口を開く。

「かっこいいね」

「ありがと」

「アイドルみたい」

「ははっ、なにそれ」

渡会が笑うと、耳に飾られたイヤーカフも小さく音を立てて揺れた。細かく模様が掘ってあるようで、揺れるたびにキラキラと光彩を放っている。

何のデザインかと顔を近づければ、フワッとほのかに甘い香りが鼻をくすぐった。

「あれ、もしかしてヘアオイル変えた?」

「えっ、あぁ……うん、変えた。前使ってたの買い足すの忘れたから、今日は違うやつ」

「そうなんだ」

「……こっちはあんま好きじゃない？」

「いや？　好きだよ」

もしかしたら、渡会が身に付けているからかもしれないけど。そう思いながら微笑めば、渡会は溶けるような笑みを返してきた。

「俺も好きだよ」

「……うん」

含みのある表情と言葉に耐えられず、顔をパンフレットに戻す。けれど、渡会が「可愛いね」と言いながら伏せて顔にかかった髪をすいてきたので、朱《しゅ》に染まった耳はバレてしまったかもしれない。

さらに恥ずかしくなり、彼の手をどけようとした。その時、廊下側の窓がスパンッと勢いよく開いた。

「日置くん〜お迎えですよ〜」

「受付ごっこのお時間でーす」

「イケメンたぶらかすのも、その辺にしなさ——」

スーッと静かに窓が閉まる。かと思えば、また勢いよく開け放たれた。

「あっぶね、次元間違えたかと思った」

「どこぞの楽屋だよココ」

「文化祭のついでに撮影でもすんの？」

俺と同じ感想を抱いた辻谷と猪野と水無瀬は、衣装に身を包んだ渡会たちをジロジロ見るなり妬《ねた》ましい目を向けた。羨ましいのだろう、似合っているから。

腕時計を見ると、受付のシフト時間がすぐそこまで迫っていた。

「途中まで一緒に行く？」

「行く」

俺の問いかけに即答した渡会は、ガタッと音を立てて椅子から立ち上がった。

「仲里たちも一緒に行こ」

見えない尻尾を振る渡会に顔をほころばせ、うしろで準備していた三人にも声をかける。

「俺たちは〝行く？〟じゃなくて〝行こ〟なんだよな～」

「選択権なくて泣ける」

「ま、空気にされないだけマシだわ」

不満を溢しつつも、仲里と堀田と守崎の三人は、スマホを片手に椅子から腰を上げた。なんだかんだ言いながらも優しい三人を横目に、今度は部活仲間に声をかける。

「お前らは先行ってる？」

　俺の言葉に、三人は目をまんまると見開いた。

「え、何でだ。そこは〝一緒に行こう！〟だろ」

「呼びに来たの俺らなのに～！」

「ひどい！　やっぱり日置はイケメン信者なんだ」

　ブーブーとブーイングを飛ばす彼らは、何も分かっていない。

「いや、違くて。大丈夫なんかなって」

「「「は？」」」

ピタリと動きを止めた辻谷たちは、狐《きつね》につままれたように俺の顔をポカンと見つめていた。

「……オーケー、オーケー、俺のライフゼロ」

「……俺はかろうじて残ってる」

「……あっ、俺は今、マイナス突破した」

背後から生気を抜かれた部活仲間の声が聞こえる。振り返ると、浦島太郎《うらしまたろう》なみに一気に歳老いた表情の三人が歩いてくる。

いつだったか。三人合わせて戦闘力三十と言って、俺を合わせたら二十に下がった会話をした気がする。本当にそうなってしまったようだ。

（イケメンってすげー……）

改めて実感した。

控え室代わりの教室を出て、廊下を歩き始めた時は普通だった。しかし、徐々に対向者が左右に分かれた。まるでモーセの海割りのように。

特に女性陣は、通り過ぎてもずっと渡会たちを目で追っていた。たまに、男性の「……おぉ」と言う感嘆の声も耳に届いた。

目立っている。いつも以上に。制服ではないから、なおさら。

辻谷たちは、この注目に耐えられなかったらしい……いや、屍《しかばね》になりつつも、ついて来てはいるけど。だから確認したのに。

決して、俺も慣れているわけではない。多少の居心地の悪さは感じながらも、歩きやすさには感謝した。

五組の教室に到着すると、大きく深呼吸したのは辻谷たちだった。オアシスに辿り着いた旅人のように、だんだんと顔色が良くなっていく。

「大丈夫？」

「「ダメ」」

三人は弱々しく頭を振り、ヨロヨロと階段へ向かって歩いていった。その背中を追う前に、渡会たちに声をかける。

「じゃあ、俺受付行ってくる」

「終わったらすぐ帰って来て」

有無を言わさない圧をかけてくる渡会に頷き、賑わいだした教室を出る。

廊下は、大勢の人の列で溢れかえっていた。もしかして、この大行列を作っている来校者は、全員俺たちのクラスが目当てなんだろうか。

歩くだけで宣伝効果になった四人に、思わず笑ってしまう。

やっぱりイケメンってすげーな。


昇降口に着くと、まずは受付責任者の教師に声をかけ、出席簿に丸を付けてもらった。誰がサボっているのか、チェックしているらしい。

次に引き継ぎをするため、担当場所の生徒の元へ向かった。指定サンダルの色は、最高学年を示している。

「そろそろ時間なので代わります」

「おっ、ありがと」

先輩の説明を聞き終えると、机上の用紙に目を落とす。卒業生、保護者、一般の枠にそれぞれ色が振ってあり、端に置いてあるリストバンドの色と対応していた。

あらかた説明された内容を頭の中で整理していれば、いつもの調子を取り戻した辻谷が隣に並んだ。

「あ～……死ぬかと思った」

「遅くね？　俺より早く行ったのに」

「走って水道の水飲んできた」

辻谷とは反対側に並んだ水無瀬は、そう言って水道がある方角を指さした。

「受付って何すんの？」

最後に戻ってきた猪野の質問に、机上の用紙を手に取る。ざっくり説明をしていると、責任者の教師の声が背にかかった。

「はいはい、喋ってないで仕事しなさいね」

「「「すみませーん」」」

サボっていたわけではないのだが、適当に返事をして流れてくる来校者に目を向けた。赤ちゃんからお年寄りまで、さまざまな層が来校している。母と姉は何時から来ると言っていたっけ。今朝のやり取りを思い出していると、明るい少女の声が耳に届いた。

「朝陽〜！　来ちゃった！」

「杏那。いらっしゃい」

目の前には池ヶ谷が立っていた。制服で高校を選んだ彼女は、私服ではなく、お気に入りの華やかな白に身を包んでいる。余程好きなんだなと笑うと、隣の子に目が向いた。

池ヶ谷の友達であろう大人しそうな女子生徒は、俺を見るとペコッと頭を下げた。つられて頭を下げ、池ヶ谷に向き直る。

「友達？」

「うん、そう！　高校の！」

池ヶ谷は自慢するように鼻高々に答えた。

一般の枠に二つの丸を書き込む。パンフレットと紙製のリストバンドを渡すと、何気ない疑問を口にした。

「文化祭が今日ってよく知ってたね」

「あ～！　それね、渡会君が教えてくれたんだよ。ＤＭで」

受け取ったリストバンドをつけながら、池ヶ谷は顔をほころばせた。

「え？」

どうして渡会と池ヶ谷が連絡を取り合っているのだろう。インスタのアカウントを教えてほしいと言っていたのは池ヶ谷からだが……。別に、二人が仲良くなることは問題ない……けど。

モヤモヤする気持ちのまま池ヶ谷を見つめていれば、俺の視線に気付いた彼女は、ハッとして艶のある黒髪を振り乱した。

「あっ、待って違うの！　今のは忘れてお願い！」

「余計に怪しいんだけど」

「うっ……辻谷君と猪野君！　朝陽を記憶喪失にしといて！　じゃあ！」

「『よく分からんけど、オッケー』」

池ヶ谷は早口でまくし立て、友達の手を引いて校舎の中へ逃げて行った。

顔を顰めたまま二人の背中を見送ると、ポコッと頭を叩かれた。

「いたっ、何すんだよ」

「え？　だって池ヶ谷が言ってたじゃん」

「記憶喪失にしろって」

「冗談に決まってんだろ」

さらに眉間に皺を寄せれば、辻谷と猪野はハハッと笑った。


「次、変わるよ」

一時間はあっという間に過ぎた。

声をかけてきた同級生に受付を引き継ぎ、クラスへ戻る前に控え室へ向かう。

「じゃ！　達者でな！」

「時間空いたら、お前らのとこ行くな～」

「日置、お化け屋敷来てね」

「やだよ」

水無瀬の誘いを断り、それぞれ自分の持ち場へ散る。控え室である空き教室は、待機中の生徒もサボりの生徒もおらず閑散としていた。

（この格好で一人で行くのやだなー……）

着替え終えた衣装を眺めて、ふとそんなことを考える。

ここから五組の教室は、遠くはないが近いわけでもない。階段は一つ上がらないといけないし、そのあと一組から四組の前の廊下を通り過ぎなくてはいけない。

仕方ないかと溜め息をつく。けれど、意思に反して、スマホに伸びた手はピタリと止まった。

「…………いやいや」

誰もいない教室に、俺だけの声が落ちる。

あろうことか、渡会なら呼んだら来てくれるかも、なんて考えてしまった。

そもそも、今はクラスを訪れた来校者の相手をしているはず。スマホを見る暇なんてない。しかも用件は〝この格好で一人歩くのは恥ずかしいから、一緒に行ってほしい〟だ。とんだ甘ったれになってしまった。

心の中でそう思いつつも、目はジッとスマホの真っ黒な画面を見つめている。気がつけば、俺の指はパスコードを打ち込み、ロック画面を解除していた。

『受付終わったから今から行く』

文章を打っては消してを繰り返し、最終的にたどりついた文を眺める。

受付に行く前、渡会は「すぐ帰って来て」とは言っていたが「連絡して」とは言っていない。これは完全に俺の甘えである。

少し震える手で送信ボタンを押す。シュポンッと、送信完了を告げる音が教室に響いた。

気付かれなかったらそれでいいし、気付いてくれたらそれはそれで嬉しい。脱いだシャツをエナメルバッグにしまっていると、視界の端でロック画面が明るくなり、メッセージの受信を告げた。

『十分待ってて』

短い文を何度も読み直す。

これは、迎えに来てくれるということなのか。

思ってもいない返事に、しばらく画面を見つめたまま固まってしまう。『待ってる』とか『早く来て』というメッセージが返ってくると思っていた。まさか、願望通りに迎えに来てくれるとは。

ポカポカと陽だまりに包まれるような感覚に浸る。

（〝了解〟はなんか違うし……スタンプだけは失礼だよな……うーん………）

机に腰を下ろして一人で唸る。

これが渡会以外からのメッセージであれば、端的に返して終わっていた。やはり、好きな相手には言葉一つでも悩んでしまう。

結局〝ありがとう〟が無難かと思い、文字を打ち込んでいると、ガラッと扉の開く音が教室に響いた。顔を上げた先には、少し息を乱した渡会が立っていた。

もう十分経ったのか。時計に目を向けるが、渡会のメッセージが送られてきてから二分程しか経過していなかった。

「あれ……十分って」

「うん、送ったけど早く来たかったから」

「そ、そっか」

柔らかくほころんだ笑みを見れば、ブワッと胸の内が膨れる。俺の心の隅まで愛情で満たしてくれる渡会に、温かい気持ちが溢れてくる。

目の前に立った彼を見上げると、自然と笑顔になった。

「俺、本当に渡会が好きかも」

「ん？　え？　あぁ、俺も……って、ちょっと待って。心の準備してなかった、から……」

渡会は徐々に頬を赤く染め、一歩後ずさった。

そんな彼が可愛くてたまらない。意識しなくても笑みが溢れる。

ぽかぽかとした気持ちを胸に、机から腰を上げた。その拍子に、スマホに手が当たったらしい。開いていたチャットルームがホーム画面に切り替わった。

たまたま、インスタのアイコンが目に入った俺は、池ヶ谷との会話を思い出した。

「そういえば、杏……池ヶ谷とＤＭでやり取りしてるの？」

「えっ………」

先程まで赤くなっていた顔から、サッと血の気が引いた。聞かれると思っていなかったのか、彼の視線は落ち着きがない。

地雷を踏んでしまったようだ。もしくは、俺が怒っていると勘違いをしているのだろうか。

全くもって、渡会と池ヶ谷にやましい関係があるとは思っていない。池ヶ谷と良い関係に持っていきたいのであれば、修学旅行後も俺に好意を伝えてくる理由が分からないし、渡会からの告白は冗談だとは思えない。

「怒ってるんじゃなくて、ただ疑問だったから……その、答えづらかったら全然」

「いや、それだとお互い腑《ふ》に落ちないと思うから言う……言わせて」

それでも渡会はどこから話すべきか考えているようで、しばらく口を噤んでいた。

備え付け時計の秒針の音や、廊下から漏れてくる来校者の雑談の声が教室内を埋める。沈黙が破られたのは、数分経った頃だった。

「……日置に、誕生日プレゼントあげたくて」

え？　誕生日プレゼント？

想像していた斜め上の言葉に、拍子抜けした声を上げそうになる。混乱する俺を置いて、渡会はポツポツと話しだした。

「日置が好きなもの分からなくて。プレゼントなのに、本人に聞くのも変かなって」

「そ、そっか……」

男子高校生の誕生日プレゼントの相場は分からないが、渡会たちの間では違う感覚なんだろうか。俺は今まで市販のお菓子や、お手頃価格のものしか買ったことがない。正直、そのくらいで全然良い。というか、渡会から貰えれば何でも嬉しいけど。

「それで、日置に詳しい人いないかなって考えてた時に、池ヶ谷さんからフォローされてるの思い出して相談したんだよね」

「なるほど」

その流れで文化祭に誘ったというわけか。渡会のことだから、直接相談に乗ってくれたお礼もしたかったのかもしれない。

つまり、渡会はサプライズをバラすリスクの少ない池ヶ谷に相談し、俺の好きなものを誕生日プレゼントとして贈ろうとしてくれて、その計画を、俺は今言わせてしまったわけで…………。

「…………ごめん」

「え？　なんで？　日置が謝ることじゃなくね？」

渡会はフルフルと首を横に振った。

もちろん、確実に謝るべきはボロを出してしまった池ヶ谷だが、俺が変に追求してしまったのも悪い。

罪悪感と嬉しさで、よく分からない感情になりながらも顔を上げる。

「もしかしたら買っちゃったかもだけど、ほんとにお金かけなくていいよ。渡会から貰えるものだったら何でも嬉しいし」

「うん、でも俺がそうしたくてしてるから」

「ありがとう。大きくなければ、いつでも受け取れるから……」

業者か俺は。受け取るってなんだ。貰う側なのに謙遜《けんそん》の〝け〟の字もないじゃないか。

慌てて否定しようとすると、渡会は気まずそうに口を開いた。

「えっと……もう誕生日過ぎてるならクリスマスに渡そうかと思ったけど、学校のほうが良かった？」

「…………………ごめん」

彼の計画を、ことごとく踏み潰してしまった。

可能であれば、辻谷たちに頭を叩いてもらって記憶喪失にしてもらいたい。

あ、でも記憶喪失になったら渡会のことも忘れちゃうか……やっぱいいや。

一人で悶々《もんもん》と葛藤している俺を見て、渡会は堪えきれずに笑いだした。

「サプライズって案外上手くいかないんだね。ごめん、かっこ悪いとこ見せて」

「こっちこそごめん。あと、ありがとう」

「いや、全然……あ、そうだ」

優しく微笑んだ彼は、思い出したようにバッグからボトルのようなものを取り出した。そこには花弁が円形になったロゴマークが刻まれていた。

「髪、セットさせて」

「うん」

素直に頭を預ければ、器用な渡会は、櫛《くし》と先程取り出したヘアオイルだけで完璧に整えてくれた。

「おけ。かわ……かっこよくなったよ」

「ありがとう……？」

なぜか言い直した渡会に首を傾げる。

「すごい今さらだけどさ、日置は〝可愛い〟って言われるの嫌だったりする？」

罪悪感を混ぜた声と共に、整った眉が下がる。

首を振ると、彼と同じ香りがフワッと顔周りを包んだ。

「可愛いって言われるのが好きかって話なら、そんなことないけど。渡会だから嬉しいよ」

「そっか。ありがとう。手洗うから水道寄っていい？」

「うん、いいよ」

機嫌の良い背中に続けば、その足は目指す教室とは反対の廊下を歩きだした。

水道は五組の教室の近くにもあるのだが、他にも寄るところがあるのだろうか。

「こっちから行くん？」

俺の質問に、渡会は柔らかい笑みを浮かべた。

「うん、もう少し一緒にいよ」

あぁ、そういうことか。

そういう素直なところも、好きだな。

さっきの甘い時間は、幻覚かと疑うほど忙しい。

俺の想像していた文化祭とはまるで違う。緩く仕事をこなして、ふらふらと他のクラスを回って、テーマパークのように楽しめるものだと思っていた。

うちには集客エースが四人もいる。普通に終われるわけなんてなかった。

クラスは大繁盛を超えて、大混乱と化していた。

幼い少女からマダム、時には男性まで、一人残らず四人の虜《とりこ》になっていた。

クレープやクッキーを大量に注文する人や、写真を求める人、握手を求める人などいつになっても行列は絶えない。

そして一番疲れているのは本人たちであった。いつも笑顔を絶やさない仲里は時折苛《いら》ついた表情を見せたり、立ち回りの上手い堀田は無理を言ってくる来校者を宥めたり、守崎は普段使わない気遣いをフル稼働しているためか、たまに魂が抜けていたり。本当に大変そうだった。

唯一、渡会だけは俺がいれば何でもいいと言って、迷惑客含め、まとめてあしらっていた。

ピークの正午を過ぎ、タイミングを見計らって切り上げると、逃げるように控え室へ駆け込んだ。全員疲労感が顔に滲んでおり、文化祭を楽しむどころではない。

「……死ぬほど疲れた」

仲里はシャツのボタンを開けたまま、椅子にもたれ掛かった。

「……着替える気力もない」

堀田は衣装を身につけたまま、力なく机に突っ伏した。

「帰りてー……」

守崎は砂になって消えそうであった。

可哀想に。そんな三人に哀れみの目を向ける。

着替えるべくシャツのボタンに手をかけた瞬間、横からガシッと手首を掴まれた。

「待って。まだ一緒に写真撮ってない」

有無を言わせず、スマホを掲げた渡会に抱き寄せられる。映り込んだ画面にピースを向けると、しばらくして渡会の手が離れた。慣れなのか、最近は「撮るよ」の合図もなくなってきた気がする。

「てかアレよな。今日一緒に写真撮った人たちさ、全員使ってるアプリ違うから全部顔違うと思うんだよね」

やっと動きだした仲里は、シャツを脱ぎながら乾いた笑いを溢した。

仲里の言葉に、堀田と渡会と守崎も頷いた。

「あ〜、分かる。それやめてほしいよな」

「特に加工強すぎるやつは論外」

「あとノーマルカメラもキツい」

盛れる盛れないとか、プリクラなら分かるが普通のカメラは何が違うのだろうか。修学旅行で撮ってもらった写真は、全部かっこよかったから大丈夫だろ。

クラスTシャツに制服のズボンというアンバランスな格好になり、渡会たちが着替え終わるまで窓枠に寄りかかって待った。するといきなり、今朝と同じく、廊下側の窓が勢いよく開いた。

「日置！　一生のお願い！」

馬鹿でかい声でお馴染みの辻谷が、両手を顔の前で合わせた。

嫌な予感しかせず、とりあえず首を横に振る。

「どうか親友を助けると思って……！」

辻谷は泣きそうな顔で俺を見つめてくる。

「嫌だってば」

「いーじゃん。とりあえず話聞いてみなよ」

辻谷と俺の会話に割り込んだ守崎は、期待に満ちた笑みを浮かべていた。こういう時だけ、彼は水を得た魚のようにいきいきしている。

守崎が促したせいで、辻谷はパッと顔を輝かせた。

「結論から言うと、日置に女装してほしい」

「嫌だ、断る」

「お願い！　一生……二生のお願い！」

来世のぶんも前借りしてくんな。

考える間もなくまた首を横に振るが、辻谷は諦めずに食い下がってくる。

「お願いだって〜！」

「てか、なんで日置じゃなきゃダメなん？」

傍観《ぼうかん》している堀田が首を傾げた。

たしかに、俺でなくてはいけない理由が分からない。

辻谷に目を向けると、捨てられた子犬みたいに見えない耳が下がった。

「このあと、女装コンテストあんじゃん？　でさ、うちから出るやつが床に落ちたフランクフルト食ったら腹壊してさ……」

ちょっと待ってくれ。タイム。前置きからインパクトが強すぎて、何も頭に入ってこない。とりあえず、そいつはバカだってことでいいのか？

渡会たちに目を向ければ、四人とも肩を震わせて笑いを堪えていた。

辻谷は真面目な顔でさらに話を続けた。

「んで、そいつ今保健室だからコンテスト出れるやついなくて……だから日置に」

「いや、なんでだよ。クラス内で解決しろよ」

意味が分からない。なんで三秒ルールの法則に負ける胃の持ち主の代わりに、俺が出ないといけないのか。しかも辻谷は一組だ。俺は五組。本当に意味が分からない。

「それだとまだ説得力弱いけど」

すかさず助け船を出してくれる渡会。さすがだ。渡会大好き。

救世主の異議に、辻谷はまた一段と眉を八の字にした。

「いや、フランクフルトの身長と同じやつクラスにいなくてさ。無駄にオーダーメイドで作っちゃったし」

しれっと友人のことをフランクフルト呼びしていることは置いといて……そんなことある?

いろいろ突っ込みどころは満載だが、辻谷の言葉を聞いてハッとした。

「じゃあ俺じゃなくて、仲里でいいじゃん」

仲里と俺は身長が変わらない。ミリの差で俺が大きいくらいだ……もうお互い伸びているから正確じゃないけど。

俺の提案に反対したのは、もちろん仲里だった。大きく頭を振って否定してくる。

「ヤダ！　絶対ヤダ！」

「なんで、俺より顔整ってるし可愛いじゃん。優勝できるよ」

「日置のが可愛いって！　女装したら化けるタイプだって」

「仲里のが遺伝子レベルで可愛い」

「日置のが細胞レベルで可愛い」

「まぁまぁジャンケンで決めれば？」

「「お前が言うな」」

なぜか頼んでいる立場で仲裁に入った辻谷に、仲里と口を揃えて突っ込む。

「あ。俺、日置に〝貸し〟あるよな？」

何かを思い出した仲里は、ビシッと俺に人差し指を突きつけた。

「は？　んなもん な………」

あった。修学旅行中に、俺が池ヶ谷の件で担任に詰められていた時、話を合わせてくれた貸しが。

そのまま、しらばくれれば良かったものの、思い出してしまったがために喉奥で唸る。

ずるい。何で俺には貸しがないんだ。

何も言葉が出ない俺を了承と見なした辻谷は、安心した笑顔を浮かべた。

「ありがとう！　日置！　恩に着る！」

「おい、まだ良いって言ってな…………」

「参加者には、人気店の焼肉食べ放題チケットが付いてくるからさ」

「そ…………」

〝そんなんで引き受けるわけない〟と言おうとしたが、あまりにも魅力的すぎて、最初の一文字しか発することができなかった。食べ物に罪はない。

しかし、いくら焼肉食べ放題と言っても、女装への抵抗感を打ち消せるだけの力はない。

「頼むよ日置〜！　三生のお願い！　ステージ立つだけでいいからさ！」

「てか、時間なくない？」

辻谷のお願いに頭を悩ませていると、守崎がチラッと時計を見た。

女装コンテストの開始時間は知らないが、文化祭の終了時間を考えると、十五時からとかそんなとこだろう。となると、あと一時間もない。

辻谷を窺えば、涙目で俺を見上げてくる。

泣きたいのは、俺のほうなんだけど。

「…………………分かった」

「ありがとう！　日置！　大好き！　愛してる！　なぁ、日置が良いって！」

「え？？？」

辻谷の呼びかけに、廊下の奥から数人の女子生徒が教室内へ入ってきた。

え、ずっと居たの？

「ありがとう！　日置！　早速コレ着て！」

「メイクもするからよろしく！」

「ズボン履いたままでいいよ！」

女子たちは早口にまくし立て、机の上にメイク道具を広げた。

わけが分からないまま、押しつけられた衣装を持って立ち尽くす。恐る恐る衣装を広げると、クラスの女子たちが着ていたメイド服と似ている何かだった。

とりあえず、脚や腹を出すことは回避したようで安心する。

「ここ座って～！　大丈夫、この日のためにメイク猛勉強したから」

ここまで来ると、もはやどうでもいい。

テキトーに頷き、椅子に座って目を閉じた。

神様。どうか。どうか事故だけにはなりませんように。


「できた～！　過去最高～！」

「ヤバ！　可愛いじゃん！」

「えっ⁉　フランクフルトより全然可愛い！」

女子たちは椅子に座ったままの俺を見下ろし、パチパチと拍手を鳴らした。

本心なのかお世辞なのかは分からない。

うしろで駄弁っていた友人たちも気になるようで、ガタガタと机や椅子の音を立てて俺の真正面へ回ってきた。

「え、可愛いじゃん」

「普通にいそう」

「お姉さんに少し似た感じ」

「がたい以外は可愛い」

仲里と堀田と守崎に加えて、辻谷も賞賛の声を上げた。どっちとも受け取れる微妙な表情で、こちらも本気で言ってるのか冗談なのか分からない。

「じゃ！　日置！　一組のためによろしく！」

「期待してんね～！」

「バイバーイ！」

女子たちは、バタバタと教室をあとにした。

シンッ……と静まり返った教室に、男五人と女装した俺が取り残される。

途端に気が抜けて机に突っ伏すと、襟元をグイッと引っ張られた。突然締まった首に、蛙《かえる》がつぶれたような声がでる。

首をさすって振り返れば、守崎が顔を覗き込んできた。

「メイク崩れるから突っ伏すのやめろ」

「急に引っ張んのやめろ」

「てか写真撮らせて」

話を聞けや。

呆れて真顔のままピースを向ける。守崎がスマホを構え、それを合図に仲里や堀田と辻谷もスマホを向けてくる。辻谷に「足閉じろよ」と言われたが無視。

渡会だけはスマホを持たず、ジッと俺を見下ろしていた。

やっぱり引かれたか。

心配になっても、今さら遅い。渡会から目を逸らすと、辻谷が俺の腕を引っ張った。

「そろそろ行かねーと！　体育館行くぞ！」

「はぁ……やっぱ行かなきゃだよな」

「当たり前だろ！　ここで引き下がったら男じゃねーぞ」

「本当にお前はもう何も言うな」

散々一生のお願いを使って泣きそうな顔してたくせに。

辻谷に腕を引かれ、ひとけのない廊下を歩く。チラホラとすれ違った生徒や来校者に目を向けられ、死ぬほど恥ずかしかった。


「続いては二年生の登場でーす」

司会の生徒の声で、体育館内に拍手が巻き起こる。

人間というものは、ダンスや演劇よりも奇抜な企画のほうが好きなようで、体育館は生徒や来校者含め、大勢の人で埋め尽くされていた。

ここまで来たら腹を括《くく》るしかない。

女の子らしい歩き方など微塵《みじん》も意識せず、大股で指示された位置につく。多分、目は死んでいる。

二年生全員が登壇《とうだん》すると、司会の生徒が俺にマイクを渡してきた。

辻谷は立ってるだけでいいと言っていたが、何か言わないといけないのだろうか。

「一組は〝さーちゃん〟ですね！」

さーちゃんとは、辻谷が勝手につけた名前だ。〝あさひ〟の〝さ〟を取ってさーちゃんらしい。意味分からん。

腰元に付けたネームプレートにも、可愛らしい文字でさーちゃんと書いてある。そこかしこから、知らない男たちの「さーちゃん可愛いよ～！」とか「さーちゃんこっち向いて！」とか、いらないコールサービスも聞こえてきた。

インタビュー中に気付いたことは、とにかく外野がうるさい。主に三年生を中心に、男子生徒はエントリー者の名前を呼んで騒ぎ立て、女子生徒はこのためだけに作ったのであろう、うちわを掲げていた。

「それでは十秒間のアピールタイムです！」

司会の生徒はそう言って、ポケットから一枚の紙を取り出した。

なんだろうと首を傾げると、彼女は紙の内容を淡々と読み上げた。

「〝一組代表のさーちゃんは指示されたポーズをします〟らしいです！」

司会の生徒は紙をカメラへ向けた。うしろを振り向けば、スクリーンに辻谷の馬鹿でかい字が映っていた。

何も用意していなかったよりはマシだけど、指示は誰が出すのか。そう思った矢先、観客席からいっせいに要望が飛んできた。

「指ハートして～！」

「萌え萌えキュンして～！」

「投げキスちょうだい！」

「ウィンクください～！」

「結婚してくださ～い！」

多すぎて聞き取れない。

困惑しながら視線をさまよわせる。視界の端で、最前に座っている女子生徒が手でハートの形を作っていた。それにならって、いくつかポーズをとってみる。典型的なハートを作ったり、頬に手を当てたりして十秒流れるのを待つ。

こういう時の時間は長いもので、十秒が十分に感じた。

「はい、ありがとうございました～！　さーちゃんの魅力たっぷりでしたね！　それでは次に二組の――……」

無事、試練はクリアできたようだ。二組の生徒のアピールタイムを背に、逃げるように幕裏へはける。

そういえば、五組は誰なんだろう。舞台袖からステージを覗くと、柔道部のクラスメイトが出場していた。おそらく、うちのエースたちが断ったから、ネタ枠に走ったのだろう。本人もノリノリである。

十秒アピールはなかなか難しいもので、ほぼ一発芸だった。うちの柔道部の彼は瓦割《かわらわ》りで、全然女装と関係がなく、逆に好感が持てる。見た目がアレだから、優勝はないと思うが。

「以上が二年生のエントリー者になります！　審査結果が出るまでお待ちくださ い～！」

司会の声に拍手が巻き起こる。

ステージ横の控え室で、用意されたパイプ椅子に腰を下ろせば、隣に柔道部のクラスメイトが腰掛けた。

「なんで日置が一組代表なん？」

「ちょっとフランクフルトが……」

「は？　フランクフルト？」

柔道部の彼は、困惑の表情を浮かべた。

「間違えた。なんか出場予定の子が体調不良らしい。そいつとピッタリの身長が俺だって」

「へー、じゃあ日置が優勝したら、俺らのクラスが優勝ってことになんの？」

「さぁ？　でも優勝はないから、どのみち一組はなんも貰えないと思うよ」

「ふーん」

柔道部の彼は話の興味を失ったようで、俺の格好をジロジロと観察してきた。

ひとしきり視察されたあと、突然手を伸ばしたかと思えば、ガバッとスカートを捲り上げられる。

「なんだズボン履いてんだ」

「当たり前だろ。そっちは……履いてるわけないか」

「この短さじゃ無理だな」

そう言って彼は、ペラッと自身のスカートを捲った。俗に言うミニスカポリスの制服に身を包んだ彼の、見たくもないボクサーパンツが目に入り、すぐに視線を逸らす。

「それでは、エントリー者全員ステージに上がってくださーい！」

司会の声に続き、各学年七人ずつ、計二十一名の男たちがステージに登壇する。

前列から一年、二年、三年と並んだが、三年はガチで優勝を狙っているらしく、低身長の先輩が多かった。

「さて皆さま！　投票ありがとうございました〜！　時間が押しているので申し訳ございませんが、一人ずつのコメントは控えさせていただきます！　それでは早速投票結果発表でーす！」

司会がマイクを下ろせば、会場内がパッと暗くなり、スポットライトが右往左往動き回る。緊張感のあるドラム音が体育館に響き渡った。

「まずは一年生の優勝者はエントリーナンバー6！　ルナちゃんでーす！」

盛大な拍手と共に、スポットライトが一カ所に集まる。スクリーンには、セーラー服に身を包んだ可愛らしい顔立ちの男子生徒が映っていた。

「お次は二年生！　優勝者は～……エントリーナンバー3！　サエキちゃんでーす！」

スポットライトを浴びたサエキちゃんはナース服の裾を握りながら頬を染め、恥ずかしそうはにかんだ。途端に拍手と歓声が上がる。

「最後を飾るのは三年生！　優勝者は！　エントリーナンバー7！　アロエちゃんです！」

再びスポットライトに照らされ、着物を身につけた凛々しい顔の先輩が映しだされた。可愛い系統が多かったから、逆に良い意味で目立ったのだろう。

表彰されている三人は、女装だというのにやけに誇らしげだった。再び盛大な拍手と歓声が体育館を包み、同時に文化祭の終了を告げるチャイムが鳴り響いた。

帰りのホームルームを終え、ばらばらとクラスメイトが教室から散っていく。うちの学校は、前夜祭や後夜祭がない。少し味気なさを感じるが、文化祭はこれで終了。

荷物を整理していると、視界の端に見慣れた指定サンダルが映った。

「日置はもう帰る？」

顔を上げた先で、渡会はニコリと微笑んだ。

「んー……あのさ、このあと予定ある？」

「予定？　ないけど」

「堀田たちは？」

渡会のうしろに立っていた三人にも声をかける。三人とも首を横に振った。

全員このあとはただ帰宅するだけらしい。

四人の予定が分かれれば、一枚のチケットを掲げた。

「行く？　食べ放題」

「え、行く！」

「マジでいいの？」

「待って、今家に食べて帰るって連絡するから」

お昼もろくに取れなかった堀田と仲里と守崎は、パッと顔を輝かせた。歓喜の声を上げながら家に電話をしたり、連絡を入れている。渡会も同じように、スマホに向き合っていた。

その間に準備を済ませると、バタバタと廊下を駆ける音が聞こえてきた。足音は五組の前で止まり、扉から辻谷と猪野と水無瀬が顔を覗かせた。

「な！　一緒に帰ろ！」

「打ち上げしよーぜ！」

「ファミレス行こ〜」

手元のチケットには「高校生は最大十名まで利用可能」と書いてある。

「お前らも行く？　焼肉食べ放題」

お腹ペコペコの三人に、ひらひらとチケットをちらつかせる。

「「「行く」」」

三人は即答し、親指をビシッと立てた。

盛り上がる三人を横目に立ち上がれば、ふいに「あ」と声が漏れた。

「ごめん、忘れ物したから先行ってて」

「俺も行く」

辻谷たちとは反対の扉へ足を向けると、渡会も隣に並んだ。

ちょうどよかった。話したかったことがあるから好都合だ。

「校門のとこで待ってるな～」

堀田の声に頷き、渡会と二人で教室を出た。

控え室だった空き教室に向かいながら、端正な横顔を見上げる。

「今日は変なもの見せてごめん」

女装に関して、最大限の謝罪を口にした。けれど、渡会は想定外の反応を見せた。

「えっ、なんで？　可愛かったよ」

「ええ……？　引いてないの？　反応微妙だったじゃん」

「うーん……それは」

渡会が口ごもる。

「……なんて言うか、再確認してた感じ？」

「再確認？　何を？」

「日置が女の子だったら修学旅行でずっと一緒に過ごせなかったなとか、もしかしたら恋愛に発展しなかったのかもなとか考えてた」

「あ～…………」

たしかに、俺が女だったら今の関係どころか、話すことすらなかったかもしれない。

今日はたくさんお世話になった空き教室の扉を開けると、渡会は入り口で立ち止まった。

「やっぱり、俺は男とか女とか関係なく日置が好き」

「うん。ありがとう」

真っ直ぐな告白に微笑む。渡会も安心したように微笑んだ。

空き教室に戻ってきた目的は、忘れた腕時計を回収するため。使っていた机の中に手を突っ込み、手探りで腕時計を取り出した。

目的を達成したタイミングで、スマホが着信を告げる。スマホの画面には、辻谷の名前とアイコンが表示されていた。

通話ボタンをタップすると、元気な声が聞こえてくる。

『日置！　フランクフルトが謝りたいらしいから早く戻って来て』

『秒で来いよ～！　腹減った！』

『混む前に行こうぜ～』

辻谷の声に加えて、猪野と水無瀬の声も混ざっていた。

「あー……おけ」

それだけ呟いて通話を切り、渡会に向き直る。

「早く来いって。忙《せわ》しないやつらだな」

「俺としては気が気じゃないけどね」

渡会は、神妙な面持ちで廊下へ足を踏み出した。夕陽に照らされる渡会の横顔には、嫉妬の色が滲んでいた。そんな彼に笑みを溢す。

付き合っていなくても、付き合ったとしても、渡会とはずっとこんな距離感だと思う。

これからどんな関係に変化しようと、ずっとこうであればいいなと思う。

そんな俺の気持ちを表すかのように、夕陽の差し込む廊下で二つの影がずっと遠くまで伸びた。

開花

月日が流れるのは早いもので、あっという間に高校生活三度目の春を迎えようとしていた。

「失礼します」

扉をゆっくり開け、職員室へ足を踏み入れる。いつものようにコーヒーの香りが鼻をくすぐった。

担任は不在のようで、机の上には整頓された書類と、薄いガラスフレームに収まる修学旅行で撮ったクラス写真が飾られているだけだった。

「日誌ありがとね」

「えっ⁉ ……あ、すみません。デカい声出して」

写真に気を取られ、突然背にかかった声に、職員室にはふさわしくない声量を出してしまった。終業式が終わったばかりで騒がしいとはいえ、ちょっと響いた気がする。

振り返ると、申し訳なさそうに眉を下げた担任と目が合った。

「ごめんごめん。驚かせるつもりはなかったんだけど」

「いえ、俺が勝手に驚いただけなんで」

軽く頭を下げ、目を逸らす。

わずかな沈黙に、ザワザワと周りの雑音が耳に届いた。これは……気まずい。

「あっ、日誌置きに来ただけで……」

早口でまくし立て、卓上に日誌を置く。その拍子に、飾られていた写真がカタンッと音を立てて倒れた。分厚くなった日誌と机との間に、風が生まれたようだ。

「あ……倒しちゃってすみません」

「いいよ、いいよ。割れてないし」

担任はそう言って笑った。

何事も焦るほど上手くいかない。フレームを元の場所に戻せば、また意識が写真に向いた。

「先生は来年度もいるんですか？」

する予定もなかった世間話を口に出す。

写真を眺めながら担任の返答を待っていたが、変に間が空き、気になって顔を上げた。担任は、先程と同じように眉を下げて笑っていた。

「それは来月のお楽しみかな」

「……そうなんですか。えっと、一年間お世話になりました」

多分だけど、本当に勘だけど、先生は異動するのだろう。

一年間の感謝を込めて頭を下げる。返ってきたのは、なぜか溜め息だった。

あれ、俺の印象は良くなかったのだろうか。通知表にはプラスなことばかり書かれていたのに。

一人で首を傾げていると、担任はわざとらしく肩を落とす素振りを見せた。

「本当に、修学旅行の班決めの時は、どうなるかヒヤヒヤしてたよ」

「……あの時は、その、すみません」

今度は謝罪を込めて頭を下げる。担任は「冗談だよ」と微笑み、俺の背中をポンッと叩いた。

温かく優しい手が、卓上に置かれた日誌へ伸び、思い出を振り返るようにパラパラとページを捲った。

「このクラス楽しかった？」

「はい、友達も増えたので」

「渡会君たちだよね？　すごい仲良いよね」

「そうですね、休日も一緒に遊ぶくらいには」

「へ～……高校の友達って大人になっても関わりがあったり、なかったりするけど――」

担任は顔を上げ、ニコリと笑った。

「君たちはこれからも仲良くありそうだね」

高校二年の担任。たった一年間の担任。ただ、それだけ。それだけなのに、その言葉は妙に確信を持っていた。

「そのつもりです」

俺も担任に笑顔を返し、最後にもう一度頭を下げて職員室をあとにした。


生徒の影がなくなった静かな廊下に、自分だけの足音が響く。昼の日差しが強くなってきたのか、見慣れた廊下はやけに眩しく感じた。

『君たちはこれからも仲良くありそうだね』

担任の言葉が、頭の中で反復した。

ただの我儘な願望だけど、俺もそうであってほしいし、そうでありたい。

中学から一緒の辻谷と猪野。高校の部活から知り合った水無瀬。修学旅行をきっかけに仲良くなった仲里と堀田と守崎。そして、特別な存在になった渡会。

階段を駆け上がり、思い出の詰まった教室へと足を踏み入れる。そこには、一人の生徒が待っていた。

「ただいま」

閑散とした教室に俺の声が響く。

「おかえり」

スマホから顔を上げた渡会は、柔らかく微笑んだ。そんな彼に微笑み返し、自分の席へ足を向けた。

散らばっていた筆記用具をペンケースにしまえば、俺の手元を眺めている渡会に目を向ける。

「先生、次もいると思う？」

「先生って俺らの？」

「うん」

「さぁ……どうだろ」

渡会は興味なさげに、ポツリと言葉を落として頬杖をついた。どこか上の空の彼が気になり、帰りの支度を止めて椅子を引いた。

「気にならないタイプ？」

「ん～……それより三年のクラス割のほうが気になる」

「あー……それは、たしかに」

上の空だったのはそのせいか。

一人で納得し、不安を抱く渡会に笑いかける。

「クラス別になっても気持ちは変わらないよ」

「まぁ、変わらせないけどね」

渡会はそう言って口角を上げ、俺の手を取り、指を絡めた。くすぐったさに頬を緩めると「ねぇ」と小さい声が耳に届いた。

「俺のお願い聞いてくれる?」

「内容によるけど、いいよ」

「春休み予定空いてる? できるかぎり会いたいんだけど」

「え……」

なんだ、そんなことか。と言うと失礼になるかもしれないけど、あまりにも簡単すぎるお願いに、思わず戸惑いの声を漏らしてしまった。

案の定、俺の反応に渡会は眉を下げる。

「予定あった？」

「あ、いや、そうじゃなくて。お願いされるほどじゃないっていうか……」

「ＯＫってこと？」

「もちろん」

小刻みに頭を揺らせば、彼は嬉しそうに顔をほころばせた。

「ちょっと遠くてもいい？」

「どこ行くの？」

「東京とか」

「おぉ……」

「ダメそう？」

「ううん、思ってたより遠かったからびっくりしただけ。全然いいよ」

「良かった。ありがと」

渡会はまた笑顔を浮かべ、片手でスマホを手に取った。おそらく、行く予定のお店のアカウントか、ホームページを見せてくれるのだろう。

彼を待つ間、繋がれているもう片方の手をさらにギュッと握った。

「早く見せろって？」

渡会は顔を上げて笑った。

「違う。暇潰してるだけ」

「もう少し待ってて」

また、愛しさに溢れる瞳が前髪の奥へ隠れた。

手持ち無沙汰に、鮮やかな淡紅色に覆われた外を眺めた。ここから見る景色も今日で最後だな、なんて感情的になっていると、窓からそよと春の風が入り込んできた。暖かい風は、散り始めた桜の花弁を乗せて優しく髪を撫でた。

「電車だよね？」

窓外から目線を戻し、伏せられた頭に話しかける。

「うん。まだ運転できないし」

「免許持ってたら車だったんだ」

「でも、車なら行き先違うかも」

「ドライブだけでも楽しそう」

「あー、いいね。免許取ったら出掛けよ」

「渡会は運転上手そうな気がする」

「カートゲームは下手だよ」

「あー……じゃあ、乗る時はヘルメット被ってこ」

「ははっ！　そこまでじゃないって」

「ね、俺たち付き合わない？」

会話の続きのようなテンションだった。雰囲気作りも、緊張感も何もない。

それでも、なぜか言葉が口を衝いた。

伏せられていた瞼がゆっくりと上がり、一つ、また一つまたたく。

「付き合っ……どこに？」

「その付き合うじゃなくて、俺の恋人になってほしいって意味」

「あぁ……そっちか………」

返事はしているものの、まだ理解できていないようだった。スマホをいじっていた手は止まり、瞳は俺に固定されている。

また暖かい春風が二人の間を通り過ぎた。穏やかな風が、空っぽの教室を満たす。

「冗談じゃないよね……？」

目の前の彼は、俺を見つめたまま口を開いた。

「冗談じゃないよ」

「俺と、日置が……だよね？」

「そうだよ」

「本当に……」

「うん」

「そ、そっか…………」

風で揺れる前髪の下で、澄んだ瞳が揺れた。

「返事は待ったほうがいい？」

「あ、いや……」

言葉を区切った渡会が、もう一度目をまたたく。すると、頬に一筋の光が伝った。

バスで見た寝顔といい、泣き顔といい、意外と子供らしいんだな。鼻も頬も真っ赤に染めて、ぽろぽろと涙を溢す彼に自然と頬が緩んだ。

「嬉し泣きってことで受け取っていい？」

繋いでいた手を解き、涙を拭った。

「……恥ずかしさと、情けなさも混ざってる」

「なんで」

「……すげーかっこ悪いじゃん」

渡会は制服の裾を引っ張り、雑に頬を擦った。

本当は、渡会からもう一度告白するつもりだったと思う。初めて想いを告げられた時も、そう言っていた。でも、すっかり忘れていたのだろう。普段の距離感だと、恋人同士と変わらないし無理もない。

「たまには俺にもかっこつけさせてよ」

いまだはなを啜《すす》る彼に笑いかけるが、当の本人は目元を拭って眉間に皺を寄せるだけだった。

「本当に……俺でいいの？」

涙の膜に覆われた瞳が揺れる。

散々迫っておいて、好きにさせておいて、最後の最後に逃げ道を与えてくる渡会は、優しくもあり意地悪でもある。

「うん。渡会がいいし、渡会じゃなきゃ嫌」

今までも、これからも。

ゆっくり言葉を紡ぐと、強張っていた表情が柔らかく緩んだ。

告白って、こんなに精神的にも体力的にもキツいんだ。俺はまだ渡会の好意を知っていて告白したからマシだけど、彼は俺の気持ちも知らずに打ち明けたんだもんな。

「渡会はすごいね」

「……なんで？」

「海で打ち明けてくれた時、怖くなかったの？」

「あぁ……半分ヤケになってたかな。嫌われると思ってたし」

ポツリと呟いた彼は、目線を外へ投げ出した。

「日置は元々、恋愛対象が男じゃないでしょ？」

「うん……渡会はそうだったの？」

「いや、俺も違う」

区切られた言葉の続きは、迷いと寂しさを含んでいた。

「違うから、怖かった……でも、好きになる相手に正解なんてないから。自分を信じるしかなかった」

世間では、同性愛への理解を呼びかける動きがあるが、まだまだ一般的ではない。器用な彼は何事もそつなくこなしていると思ったけど、俺の見えない所でたくさん悩んで、抱え込んでいたのだろう。

「ありがとう。言葉にしてくれて」

「途中で洗脳方法とか調べたのは、さすがにヤバいと思ったけどね」

「…………ん？　え？」

「ははっ、嘘だよ」

今の言葉は聞かなかったことにしておこう。

緊張の解けた空気に息を吐くと、席を立ち、凝り固まった体を伸ばした。

「そろそろ行こっか」

「待って、まだ顔赤い？」

「ううん。目はちょっと腫れてるけど」

「……マジか」

恥ずかしさに頬を染めた渡会は、スマホの画面を鏡代わりに身なりを整えだした。その間、日直の仕事をこなすべく窓へ足を向けた。窓下に見える駐輪場には、在校生の姿がチラホラ見受けられる。

施錠確認を終え、リュックに手をかければ、なぜかあることを思い出した。

「そういえば、もう忘れてるかもだけど」

「ん？」

　バッグを肩にかけた渡会は小首を傾げた。

「修学旅行でおみくじ引いたじゃん？」

「うん」

「渡会の恋愛のとこが、〝己を信じて進むべし〟だったんだけど」

「あぁ、よく覚えてるね」

　俺もよく覚えていたと思う。

　けれど、きっと、必然的に思い出したのだ。

「当たってたね」

　誇らしげに鼻を鳴らす。

　渡会はポカンとした表情を浮かべたが、すぐに嬉しそうに笑った。

「そうだね。日置のはなんて書いてあった？」

「あれ、何だっけ。でもあんまり関係なかった気がするけど」

「そっか……あ」

　渡会の足がピタリと止まる。

忘れ物でもあったのだろうか。振り返れば、優しい眼差しが俺を見下ろした。

「さっきの返事してなかったよね」

「返事……あぁ、告白の」

「そう」

そういえば、そうだった。もう答えを聞かなくても分かった気になっていた。

また緊張の走る空気に、コクンと喉を鳴らした。

「これからよろしくね」

「こちらこそ」

「抱きしめてもいい？」

「ど、どうぞ」

ぎこちなく腕を広げ、彼を受け入れる。渡会は溶けそうな笑顔を浮かべて、リュックごと抱き締めてくれた。荷物は少ないからほとんどペシャンコだけど、抱き締めづらくないだろうか。

まぁ、いいか。渡会の体温と心臓の音が微かに伝わってきて心地良い。

お互い満足するまでそのままでいると、ゆっくり体が離れた。ご満悦な笑みに、こちらも頬が緩む。

「これからは許可取らなくても大丈夫だよ」

「……え」

「あー……えと、もう付き合ってるから」

「彼氏だから好きにしていいの？」

「か、かれ……まぁ、そう。うん」

彼氏という言葉に、今さらジワジワと付き合った自覚が芽生えてきた。

まさかの遅延性に首のうしろが熱くなる。耳まで熱くなってきたのを感じると渡会から目線を外し、顔を隠すようにポスッと肩に顔を埋めた。彼氏だから好きにさせてくれ。恥ずかしさが引くまで。

「照れちゃった？」

「…………うん」

「ははっ、可愛い」

できればかっこいい彼氏でいたいけど、今は無理かもしれない。

「日置」

頭上から俺の名前を呼ぶ声が聞こえた。

それだけ。次に続く言葉は落ちてこない。

疑問を抱き、顔を上げれば、唇に柔らかい何かが触れた。

「え」

満足そうな渡会を、呆けた顔で見つめることしかできない。

自身の唇に手を持っていき、先程の感覚を追うように指で撫でた。

「こっちも慣れていこ」

「あぁ……はい」

追いつかない頭で返事をした。本当に一瞬のことで、頭が真っ白だった。

キスされたと気付いたのは、どれくらい経った頃だったか。

渡会を見つめて固まっていると、目の前の彼は肩を揺らして笑いだした。

「あはは！　ごめん。びっくりしたよね」

「いや、こっちこそ、なんかごめん。慣れてなくて」

「いいよ。慣れてるほうが嫌だし」

三日月に形取られた目がスッと細まる。

あぶね。慣れてたら根掘り葉掘りの尋問大会が始まるところだった。

ちゃっかり自分は棚上げしてるけど、恋愛経験のある彼にとってキスなんて挨拶と同じくらいなのかもしれない。

「キスは大丈夫なのに、彼氏って言葉には照れちゃうんだね」

「え……あ、たしかに。でも遅延性だから、家帰ったら死ぬほど恥ずかしがってると思う」

「へぇ……今日、俺の家来る？」

「いや、いいよ。今日は勘弁して」

「今日〝は〟ダメなんだ？　じゃあ今日以外だったらいい？」

「あ、……うん」

もう誰か俺の口を縫ってくれないだろうか。

喋るたびに墓穴を掘る自分に言葉を失う。そんな俺を助けるように、聞き慣れたチャイムが鳴った。ある意味、救世主だ。ありがとう、チャイム。

廊下へ出れば、眩しいくらいの光が二人を包んだ。

「さっき抱き締められた時に気付いたんだけど」

二人分の足音を響かせながら、隣を歩く渡会を見上げる。

視線の先の彼は、不思議そうに首を傾げた。

「なに？」

「多分……いや、確実に背伸びたよね」

「え、俺？」

「そう」

「まぁ、伸びてるかもだけど、何で分かったん？」

「なんか、見上げた時に前よりちょっと遠く感じたから」

そう言って階段に差し掛かったタイミングで足を止め、一段先に降りた彼を見下ろした。

渡会から見る俺はこのくらいか。もうちょい高いかな。背伸びをして調節していると、渡会はクスクスと肩を揺らした。

「日置が俺よりデカいとなんか違和感かも」

「え、なんで。個人的には同じくらいになりたいんだけど」

「俺は上目遣いで見上げてくれるほうが好き」

「……男の上目遣いに需要あるん？」

「あるよ。彼氏だからね」

意地悪そうな笑みが浮かぶ。

彼氏フィルターってすごいんだな。機嫌の良い背中を追うと、下駄箱のほうからうるさいくらいの声が聞こえてきた。

「あー！　やっと来た！」

「おい、おせーぞ！」

「マジで腹減って死ぬんだけど！」

二年の下駄箱前で、部活仲間の辻谷と猪野と水無瀬が急かすように手招きをしている。その隣には、仲里と堀田と守崎の姿も見えた。

もう帰ったと思っていたけど、なんでいるんだろう。

「おい、まさか忘れたわけじゃないよな？」

俺の困惑顔に気付いた辻谷が、呆れたように溜め息をついた。

「……ごめん、なんだっけ」

「うわ〜、マジかよ！　今日学校終わったら回る寿司食いに行こうって言ったじゃん！」

俺の返答に、今度は猪野が声を上げた。

寿司……言ってたっけ？　そんなこと。

サンダルをリュックにしまいながら今日を振り返る。それでも、先程の渡会とのやり取りしか頭に浮かび上がらない。

説明を求めるように部活仲間へ目を向けたが、それを遮るように手を繋がれた。

「ま、いいじゃん。今から行こうよ」

渡会は俺を見下ろして微笑んだ。

了承の言葉に、辻谷はビシッと駅の方向を指差した。

「じゃあ出発～」

その背中に、猪野と水無瀬も続く。

「てか俺、自転車だから駅前集合？」

「二人乗りしようぜ」

空腹が我慢できない早歩きの三人を前に、守崎が何かを訴えるように俺と渡会の間で繋がれた手を一瞥した。

「どうでもいいけど、限度考えろよな」

呆れ交じりの声に、俺も目線を落とした。

皆の前で手を繋いだことなんて何度もある。けれど、以前は理由があった。眼鏡をかけていないからとか、酒を誤飲したからとか。

あぁ、そうか。恋人って理由がなくても触れていいんだ。

そう思うと、場違いにも頰が緩んだ。慌てて繋いでいない手で押さえるが、止められそうにない。

隣の渡会を窺うと、バチっと目が合った。

「どうしよう」

「うん？」

「俺、今すごく浮かれてると思う」

眉を下げて笑った。

渡会はキョトンとした顔を浮かべたあと、口元をほころばせた。

「俺も」

これが幸せってやつか。

頬から手を外し、ゆるゆるな笑顔を向ける。

「おーい！　ストップストップ！　これ以上は俺が耐えられない！」

「俺らもいるの忘れんなよ！　てか雰囲気甘すぎて吐きそう」

俺は仲里に、渡会は堀田に取り押さえられた。

顔だけうしろへ向けると、表情を曇らせた仲里が首を横に振った。

「そういうのは俺らが見てないとこでお願いしたいんだけど」

「……ごめん。完全に渡会しか見えてなかった」

「おいおい。息するように惚気《のろけ》んな」

さらに顔を顰められ、パッと手が離れる。気を遣って、リュックだけに触れていた仲里は、なんだかんだ優しいなと思う。

「でも、そういうことだから」

バッグを背負い直した渡会がポツリと呟いた。

「もちろん限度は分かってる。けど、日置への態度も、お前らへの態度も変える気はないから。嫌だったら、その……」

「つか、それ。こっちの台詞」

言葉に詰まった渡会に、守崎が口を挟んだ。

二人揃って驚いた顔のまま守崎を見つめる。彼は怠《だる》そうに眉間に皺を寄せた。

「俺だって、お前らへの態度変える気ないし。そもそも、嫌だったらもっと前から距離取ってんだけど」

言葉とは裏腹にホッとした笑みを浮かべた守崎。なぜか肩の荷が降りたような表情をした彼に疑問を抱けば、仲里にポンッと肩を叩かれた。

「あんなこと言ってるけど、一番気にしてたの守崎だから」

「二人がいない時、ずっとソワソワしてたよ」

堀田もなかなか動かない俺らに笑いかけ、仲里に続いて守崎の隣へ並んだ。顔を見合わせた渡会と、気が抜けたように笑い合う。軽くなった足取りで、三人の隣に並んで歩いた。

「てか何皿食べる？」

「テーブルの上、すごいことになりそう」

「そういや財布に何円入ってるか覚えてないや」

「その前に定期更新しに行っていい？」

「あと親に連絡しておかないと」

いつもと変わらない会話を交え、校門を目指す。遠くから、辻谷と猪野と水無瀬の声も聞こえてきた。

周りには楽しそうに笑う友人たち。隣には優しく微笑んでくれる恋人。

高校生活なんて、人生のほんの一部でしかないけど、この一年で過ごした日々は、ずっと心に残るだろう。何より、全てのキッカケとなった修学旅行は、俺にとって特別な思い出になった。

春風を肌に感じながら、そっと渡会の手を握った。この温もりが、ずっと離れないように願いながら。

修学旅行で気になる子が同じグループに入りました

今朝は、太陽が昇る前に目が覚めた。

東京へ向かう特急列車の中。カタンカタンと揺れる車内のリズムが、やけに眠気を誘う。

隣に好きな人がいるというのに、俺はいつの間にか瞼を閉じていた。

妙に現実的な夢は、日置と出会う前の懐かしい記憶を呼び起こした。


新学期初日。

振り分けられた二年五組に親しい友達はいなかった。それはもう、誰かの陰謀でも働いているのか疑うレベルで。

そんな中、最初に親しくなったのは仲里だった。

たまたま昇降口で鉢合わせた俺たちは、担任から教材運びを任された。何度か会話を交わせば、仲里の性格はすぐに分かった。一年の頃から小耳に挟んでいた通り、愛嬌があり、人懐こい。女子から人気があるのも頷ける。

「「おはよ！」」

職員室から教室へ向かう道中。配布物を抱える俺たちの背中に、聞き慣れない声がかかった。

振り返れば、知らない男子生徒が二人立っている。彼らは、もう一度仲里に「はよ～」と手を挙げた。仲里の友人のようだ。

「……って、あれ？　渡会……くん？」

「えっ、知り合い？　何繫がり？　顔？」

俺を見上げた彼らは、分かりやすく目を丸くした。見比べるように忙しなく左右に動いていた目は、説明を求めるように俺の隣へと固定される。視線の集まった仲里は、ニパッと人懐っこい笑みを浮かべた。

「さっき友達になった」

「「え、なんで？？？」」

「なんでって、同じクラスなんだし普通だろ」

「「同じクラス……」」

二人の男子生徒は声を揃えて呟くと、思い出したようにパチンと手を叩いた。

「そうだ！　五組だ！」

「うわ、マジか〜！　もう四天王のうち二人が出会ってんのかよ」

「なんの話？」

盛り上がる二人に、仲里が疑問を投げる。

二人は顔を見合わせ、困った表情を浮かべた。

痺《しび》れてきた手を誤魔化すように冊子を抱え直せば、それを催促と解釈したのか、彼らは慌てて口を開いた。

「四天王っていうのは、勝手に俺らの中で呼んでるだけど……その〜……この学年で顔の良い男四人」

「あとは堀田と守崎な。その二人とお前ら含めた四人が五組に集結しちゃったから、みんな騒いでんの！」

堀田と守崎。仲里と同じく、よく耳にする名前だった。もちろん、同じ学年なので、見かけたことは何度もある。

なんの偶然か、そんな話題の渦中にいる二人とも、初日から交友を深めることになる。

守崎は、新学期初日だけ隣の席だった。

「成績表は回収するので名前を書いたら……うしろの席の子、悪いけど自分の列の成績表を持ってきてください」

担任の指示にペンケースを取り出すと、隣から「なぁ」と声がかかった。怠そうに目を伏せる彼、守崎は、俺のペンケースを指差した。

「ネームペン持ってくんの忘れたから貸して」

「おけ」

回ってきた成績表を受け取り、手早く名前を記入した。去年の出席番号を書き慣れた手は、いつも通りの仕事をこなそうとする。いびつな数字で書き上げた成績表を手に立ち上がれば、守崎にネームペンを渡した。

「どーぞ」

「さんきゅ」

サインのようにペンを滑らせる守崎を背に、成績表を回収しながらクラスメイトの名前を目でたどる。もちろん、初めて目にする名前ばかり。

読み方の分からない名前にハテナを浮かべていれば、一冊、無記入の成績表が手渡された。目の前の大人しそうな女子生徒は、顔を真っ赤にしてうつむいている。

「……ペン持ってきてないの？」

「……あ！　いや……その、…………」

彼女の机には、ペンケースすら見当たらなかった。

隣の席には、いかにも気の強そうな女子生徒。彼女は、友達らしい生徒と談笑している。前後は男子生徒ばかり。おそらく声をかけられなかったのだろう。

「守崎、俺のネームペン取って」

ちょうど席を立った守崎に声をかけ、ネームペンを受け取った。それを差し出せば、女子生徒は狼狽《うろた》えながら見上げてきた。

「えっ、でも、いいの？」

「どうぞ」

「あ、ありがと……」

彼女はなぜか恐る恐る成績表にペンを滑らせた。

「……私も嘘ついて借りればよかった」

「……てか、先生に言えばよくね？」

気の強そうな女子生徒側から、そんな会話が聞こえてきた。俺が聞こえたのだから、当然彼女にも聞こえただろう。

余計な手助けだったかもしれない。特にどうすることもできず、彼女が書き終えるのを待った。

「あ、ありがとう……ございました……」

大人しそうな女子生徒は、目線を下に固定したまま成績表とペンを差し出す。

「どういたしまして」

丁寧に記入された成績表とペンを受け取り、担任の元へ向かった。

席へ戻る際も、彼女はうつむいたままだった。本当に、余計なことをしたかもしれない。けれど、あの行動以外思いつかない。

「ちょっと早いけど、体育館に移動しましょう」

枚数確認を終えた担任は、そう言って教室の電気をパチパチと切った。それを合図に、ガタガタと椅子の引く音が鳴り響く。

仲里の席へ目を向ければ、視線に気付いた彼はニコッと笑い、こちらへ駆けてきた。

「てっきり自己紹介すると思ってたんだけど」

彼の言葉に、去年の今頃を思い返した。今年はどうだろう。

「二年って自己紹介するの？」

「さぁ？　担任次第？」

首を傾げた仲里は、流れるように隣の席へ目を向け、また人懐っこい笑顔を浮かべた。

「堀田と、守崎だよね？　一年間よろしく」

話しかけられた二人の足がピタリと止まる。

「おー、よろしく」

爽やかな笑顔を浮かべるクラスメイトは堀田。噂通りの好青年だ。

「よろしく」

口元だけ弧を描く守崎。心を開くには、時間のかかるタイプのようだ。

「あ、渡会。ホームルーム前に席借りてた。ごめんな」

「全然いいよ」

律儀に謝罪を述べる堀田に笑みを返す。仲里と配布物を運んでいる間、俺の席に座って守崎と談笑していたらしい。

そんな些細な会話がキッカケとなり、俺たち四人は学校生活を共に過ごすことになった。

「言いたくなかったらいいけど、今彼女いるん？」

午前で終わった新学期初日の放課後。お昼を食べるために寄ったファストフード店で、仲里は控えめに話題を切り出した。声のトーンに反して内容は気になるようで、瞳はいきいきとしている。

様子を探るように他の二人を窺うと、堀田が気まずそうに守崎をチラッと盗み見た。気になる素振りに、少し口角が上がる。

「守崎から話してよ」

そう言葉にした途端、彼は分かりやすく顔に〝嫌〟の文字を浮かべた。話す気がないなら堀田から聞こう。目線を隣へ移せば、遠慮がちに肩をすくめられた。

「つい最近、歳上メンヘラ彼女から解放されたばっかだから、傷えぐらないであげて」

「もうほぼ答え言ってるけどね」

堀田に笑い返す。守崎はますます不機嫌になった。そんな彼は、食べ終わったハンバーガーの包装紙を丸め、俺を睨んだ。

「渡会はどうなん？」

「俺は去年の夏に別れた」

もったいぶることなく口にする。

仲里は氷だけになったドリンクカップをかき混ぜて首を傾げた。

「へー、どんくらい付き合ってたん？」

「中二の冬からだから……一年半くらい？」

「なんで別れたん？」

堀田が身を乗り出す。仲里と守崎も、俺が話し出すのをジッと待っていた。

モテる彼らも、他人の恋愛話に興味が湧くようだ。

「普通に合わなくなったから」

「合わなくなった理由が知りたいんだけど」

仲里が続きを促す。

決定打になったのはなんだっけ。三人に話しつつ、中学時代に記憶を繋げた。

中学二年の夏、元カノのほうから告白してきた。細かいことはもう覚えていないけど、周りの友達も恋人を持っていたから、なんとなくＯＫした気がする。

中学生の交際なんて幼稚なもので、一緒に下校したり、近所のショッピングモールに行ったり、本当に些細なものだった。

違和感を感じたのは、高校生になってから。

楽しいかと聞かれれば、どちらかと言えば、中学時代のほうが楽しかった。

というのも、高校生からスマホを手にした彼女は、出先では必ず何枚もの写真を残した。その使い道が、気に入らなかった。

『理想のカップルってコメント来たの！』

『フォロワー一万人いったよ！』

嬉しそうな彼女の言葉は、ほとんど画面の中の俺たちに向けられていた。

出先で撮る写真は所詮〝いいね〟稼ぎでしかなかった。

だんだんと、「俺が好き」というより「俺と付き合っている自分が好き」に変わってしまったようだ。そんな彼女に気付いた途端、急に熱が冷めた。

もう彼女の欲求を満たす材料にはなりたくない。我慢も限界だった俺は、去年の夏、別れ話を切り出した。

「だから、しばらく彼女作る気はないかな」

締めくくるように言葉を切る。

忘れようと思っていたのに、鮮明に覚えていた自分に嫌気が差す。

もし、次に付き合う人は、第一印象や容姿だけではなく、俺の全てを受け入れてくれる、そんな人が良い。

密かな決意を胸に、新学期初日は幕を閉じたのだった。


それから数週間後。

日置を知るキッカケは、本当に些細なことだった。

「日直号令〜……って、日置か。一瞬日直って書いてあるのかと思った」

化学か地学……いや、生物だったかもしれない。

黒板の端を振り返った担当教師が、何気なく言い放った。〝日直〟と〝日置〟

の文字が似ているというだけの、授業とは関係のないこと。

その言葉でクラスメイトたちは、どっと笑いだした。バカにしたつもりはないけど、俺もその中の一人だった。

「あー、すまんすまん。ほら静かにしろ～！　授業始めるから」

担当教師の声が教室に響く。それでもクラスメイトたちはクスクスと笑いながら、前列の席に視線を投げていた。集まる視線の先を追うと、一人のクラスメイトが目に入った。

あの子が〝日置〟らしい。ここからでは丸い後頭部しか見えないが、きっと彼の表情は嫌悪に染まっているのだろう。

（……かわいそ）

他人事のように、風で煽られたページに向き直る。

可哀想。

初めて日置に抱いた感情だった。

それからまた数日後。

たまたま委員会が長引いた。俺ではなく、堀田と守崎の。同じ委員会の仲里は用事があるらしく、すでに帰っていた。

二人を待つべく向かった教室には、先客がいたようだ。中から数人の話し声が聞こえてきた。盛り上がっているのか、地声が大きいのか、男子生徒の声は廊下まで漏れている。

ズカズカと足を踏み入れる気など起きず、踵《きびす》を返す。

「例のイケメンたちどうなん？」

今まで何度も耳にしてきた話題に、ピタリと足が止まった。

「どうって言われても……喋ったことない」

知らない男子生徒の声に答えたのは、どこかで聞いたことのある声だった。

「まぁ、日置は自分から行くタイプじゃないからな～」

「隣の席の女子は渡会が好きらしいよ」

また知らない二人の声が耳に届く。

「日置」という名前に、教師にからかわれていた一人の生徒が浮かぶ。聞き覚えがあると思ったのは、同じクラスだったからか。

「渡会ってどんな感じ？」

イケメンたちどう？と話題を振った声が、また質問を投げる。

「え……だから喋ったことないって」

日置の声はためらいがちに答えた。

「まあまあ。第一印象でもいーからさ」

心臓がうるさかった。会話さえしたことのない相手から、どんな言葉が出てくるのか検討もつかない。皮肉や陰口を言われるだろうか。身も蓋もない噂話でもされるのだろうか。

俺はただ扉の向こうの彼が口を開くのを、じっと待つことしかできなかった。

「優しそう……とか？」

「えっ」

日置の言葉に、思わず声が漏れてしまった。幸いにも、教室内の彼らには俺の声は聞こえていなかったようで、会話が途切れることはなかった。

「なんで？」

「ペン貸してたから優しそう」

興味津々といった男子生徒の声に、日置はさらっと答えた。

「はー？　そんなん俺でもできるしー？　てか、もっと違うこと期待してたんだけど」

「違うことってなに」

「そりゃ、有名インフルエンサーと付き合ってるとか！　親が芸能人とか！」

「それは知らん」

彼らの会話を聞いていたはずなのに、俺の耳には日置の声しか残らなかった。

ペンを貸しただけで優しい？　どこが？

本当にそう思っているのか、単純に他に言うことがなかったのか……おそらく後者だろうけど、こういった場では、嫌味が出るものだと思っていた。気を遣う義理など、俺と彼の間にはないはずなのに。

「やべ！　早く行かないと怒られる！」

「千本ノックとかやらされそ～」

「日置がもったいぶるからさ」

「お前らが聞いてきたんだろ」

慌ただしく四人が教室から飛び出す。身を潜めていた俺に気付くことなく、彼らは体育館へ駆けていった。

静かになった教室へと足を踏み入れると、整列の乱れた机を縫って教壇へと上がった。

「日置………朝陽っていうんだ」

名簿シートの位置を直し、目に焼き付けるように〝日置朝陽〟の文字を見つめた。

初めて〝同性〟から〝内面〟を褒められた。しかも、会話もまともに交わしたことのない相手から。

これが異性であれば、感じ方が違ったかもしれない。

同性から褒められるのは、こんなにも嬉しいのか。

ジワジワと胸の内から温まるような感覚がする。案外、自分はチョロかった。

「えー……なに一人で笑ってんの」

「なんか良いことあったん？」

俺の中で日置への好感度が爆上がりしている中、待ち人の声が聞こえた。顔を上げれば、眉間に皺を寄せた守崎と、首を傾げている堀田が立っていた。

「あったけど、教えない」

不満をこぼしてくる二人にニコリと笑みを向け、昇降口を目指した。

教師にからかわれていた印象しかなかった日置を意識し始めたのは……できれば友達になりたいと思ったのは、この時からだった。

気になったものに没頭しすぎるのは、自分の悪い癖かもしれない。

最初は友達になりたくて接していた日置に、友情ではない感情を抱くとは思わなかった。

それくらい、日置の人格は俺の理想だった。

日置と付き合えたらいいのに。

そう思えば思うほど、彼を自分のものにしたくなった。誰かが、俺と同じように彼の魅力に気付く前に、手に入れたかった。

男に好意を抱くことに対して、一切の抵抗がなかったわけではない。たまたま、好きな人が男だっただけ。そう自分に言い聞かせた。

そんな悩みを打ち消してくれたのも、他でもない日置だった。彼自身、恋愛対象に男は入っていないはずなのに、自分の気持ちより俺の気持ちを優先してくれた。酒で頭も呂律《ろれつ》も回らない中、頑張って俺の気持ちに答えようとしてくれた。そんな日置が、さらに愛おしくなった。

恋人になれたなんて、本当に、今でも夢かと疑うくらい信じられない。

一本の映画を観ていたようだ。カタンカタンと鳴っていた音は、いつの間にか雑音に変わっていた。

「渡会、起きて」

大好きな声に顔を上げる。

目の前の彼は、心配そうに俺を見つめていた。

「着いたけど……泣いてたの？　どっか体調悪い？」

優しい手が俺の頬を撫でる。その上から手を重ねれば、ニコリと微笑んだ。

「泣いてたかも、嬉しくて」

「え、なんで？」

ポーン……と駅のチャイムが聞こえた。

頭にハテナを浮かべる彼の手を引き、席を立つ。ホームに降り立つと、地元ではなかなか味わえない賑やかさに目を細めた。

「楽しもうね。初デート」

大好きな彼を見下ろす。

可愛らしい小さな瞳を揺らした日置は、ふわりと笑った。きっと、今までの積み重ねがなければ見れなかった柔らかい笑顔。

もし、堀田と守崎の委員会が長引いていなかったら。あの大人しい女子生徒にペンを貸していなかったら。修学旅行の班決めで、日置を入れようと提案していなかったら。全部違っていた。

ひとつひとつの重なり合いが、俺たちを導いたのだ。

俺を受け入れてくれた日置に、たくさん感謝を伝えたい。彼が胸を張って自慢できる恋人でいたい。

欲が増すほど、愛も膨れた。

この手はもう、一生離さない。

－完－

番外編

番外編　油断は禁物

高校三年生の春。

渡会の懸念は、見事的中してしまった。別々に振り当てられたクラス表に、絶望の眼差しを向けていた彼の横顔は記憶に新しい。

俺も、もちろん悲しかった。けれど、二年の終業式の日に言ったとおり、渡会への気持ちは変わらない自信があった。

だから、油断していた。

彼の嫉妬深さをあまく見ていた。


十分の休み時間。

「おーさま、だーれだ！」

授業のストレスを発散するように大きな声が響く。

今年同じクラスになった辻谷は、ノートをちぎっただけのお手製くじをバッと開いた。続けて、机を取り囲む数人のクラスメイトも、くじに目を向ける。

小学生の頃、短い休憩時間をドッジボールにあてていた。その感覚は高校生になっても変わらないようで、遊び盛りの俺たちはなぜか今、王様ゲームをしている。

手元の「三」の文字を見ると、授業で失った糖分を補うため、チョコレートスナックをかじった。

「よっしゃ！　俺が王様！　じゃあ……」

王様のくじを手にしたクラスメイトは、さまよわせた視線を俺の手元で止めた。

「一番と三番がパッキンゲーム！」

その命令に歓声と落胆の声が上がる。

パッキンゲームとは、一本の棒状のチョコレートスナック菓子を二人が両端から食べ進め、残ったお菓子の長さが短いほど盛り上がる遊び。俺からしてみれば、罰ゲームに近い。

手のひらに載った紙きれには数字の三。ぐしゃぐしゃにして、窓から放り投げたい。

「おっ、日置。三じゃん！」

放心状態の俺からくじを奪い取った辻谷は、声高らかに笑った。安全圏だからか、すごく楽しそうだ。なんか腹立つ。

「なぁ、さっきみたいにデコピンとかは──」

「「ダメ」」

俺の提案は呆気なく散った。

そもそも、一番のやつはそれでいいのか。

同意を求めるように相手を探せば、「一」のくじを手にしていたのは、去年ミニスカポリスの女装を印象づけた柔道部の彼だった。

終わった。

女装でもノリがいい陽キャが、パッキンゲームを拒むはずがない。

心がガラガラと砕け落ちる。その音が聞こえたように、辻谷は俊敏な手つきでチョコレートスナックを取り出し、俺の口に突っ込んだ。それに合わせて、柔道部の彼の大きな手も肩にのしかかる。

周りからは、ひやかしの歓声が上がった。

迫りくる、健康的に焼けた彫りの深い顔。

こうなれば適当に折るしかない。場が冷めない程度のギリギリで。

「日置」

パキンッ。

ギリギリとはほど遠い長さを残して、チョコレートスナックが割れる。

扉のほうから聞こえた声の主は渡会だった。

「化学室に教材返しに行くから一緒に来て」

ニコリと笑みを浮かべる彼は、抱えている段ボールを揺らした。

助かった。罰ゲームは回避できたようだ。

「てことで、俺行くね」

クラスメイトの返事も待たず、逃げるように廊下へ飛び出す。

救世主の隣に並ぶと感謝を口にした。

「ありがと。罰ゲームやらなくてすんだよ」

「……俺も間に合ってよかったよ」

「え？　なに？」

「なんでもない」

フイッと視線が逸れる。

素っ気ない態度に、俺はただ首を傾げるだけだった。


化学室に着くなり、渡会は迷わず隣の準備室へ向かった。

「日置、これ持ってて」

「うん」

段ボールを受け取り、中身を覗く。そこには試験管やビーカーが横たわっていた。

鍵の開く音に顔を上げれば、先を促すように渡会がドアを押さえた。

「これどこに置けばいい？」

書類や器材が押し込まれた狭い部屋に踏み入る。

段ボールを抱えたまま立ち尽くせば、背後から聞こえたのは渡会の返事ではなく、鍵の閉まる音だった。

予想外の行動に、段ボールの中身を鳴らして振り返る。

「なんで鍵……」

「邪魔されたくないから」

「邪魔って……誰に？」

「段ボールそこでいいよ」

「わ、分かった」

言われたとおり、棚の空いていたスペースに段ボールを押し込む。

「さっき何してたの？」

今まで何度も耳にした質問。

物置と化した会議用テーブルに腰掛けた渡会は、俺の手を引いた。そのまま腰に回された腕に、ガッチリと閉じ込められる。休み時間は残りわずかだが、彼は気にする様子もない。

「王様ゲームだよ。辻谷が暇だからやろうって……」

「ふーん」

訝しむような視線に、問題はそこではないのだと分かる。

「パッキンゲームは、その、ごめん……でも、キスはしてないから」

今さら、恋人である渡会を傷つけてしまったと自覚した。友達とのノリだとしても、あれは良くなかったと思う。

「怒ってる……？」

恐る恐る顔色を窺った。

目の前の彼は、ジッと見つめてくるだけ。

「ご、ごめん」

ただ謝罪の言葉を口にする。

締め切った部屋の外から、本鈴の音がこもって聞こえた。

戻らなくてはいけないのに、俺の頭の中は仲直りの一択に振り切っていた。

こんなことで、喧嘩などしたくない。

授業では役に立たない脳みそを、今日一番働かせる。

仲直りって何をしたらいいのだろう。もし、逆の立場だったら、渡会はどんな行動をするだろう。

これまでの彼の行動を思い返し、小さく息を吸った。

「あのさ……だ、抱きしめていい？」

声に緊張が走る。

「いいよ」

渡会はわずかに笑みを浮かべ、テーブルから腰を上げた。そんな彼の反応を気にとめる余裕もなく、広い背中に腕を回す。

うるさいほど響く自分の鼓動をよそに、ゆっくり顔を上げた。

「キ………キス、していい？」

「うん」

身長差を埋めるように頭が傾く。

さらさらと揺れる髪をよけ、震える手で渡会の頬を包んだ。

伏せられた瞼が上がる前に、きめ細かい陶器のような肌に唇を落とす。触れるだけの、キスと呼べるかもあやしい、子供らしいものだった。

思えば、俺からキスをしたのはこれが初めてだ。

恥ずかしさに顔が熱くなる。距離を取ろうと後ずさるが、すぐに棚が道を塞いだ。

ガタンと鳴った音に、伏せられた瞼から爛々《らんらん》とした瞳が覗いた。

「日置のそういうとこ、可愛くて好きだけど」

すらりと伸びた指が唇を撫でる。

「それで満足できるのは、付き合う前だけかな」

愛おしそうに彼の目尻が緩んだ。同時に、柔らかい感触が唇に伝わる。

薄く開いた隙間から、リップ音が落ちる。静かな室内ゆえに、充分すぎるほど耳に響いた。

触れるだけなんて、そんなものは比にならない。食べられてしまうような、頭がボーッとするキスだった。

もともとショート寸前の頭は、さらに熱を上げた。生まれて初めての感覚に、身をよじって渡会の肩を押す。

「ちょ、……ちょっと、待って……！」

「待てない」

手首を掴まれ、また強引に口付けられる。

「……んぅ、……っ」

意図せず鼻から声が漏れる。

やばい。このままだと脳みそ溶ける。

自制の効かなくなった膝はカクンと折れ、床に崩れ落ちた。

短く息を吸い、酸素を取り込む。

「ごめんね、嫌だった？」

うずくまってしまった俺の隣に腰を下ろす渡会。汗で貼りついた髪を耳にかけた彼は、ふっと笑った。

「…………や、やじゃ、ない」

顔を伏せたまま、弱々しく首を振る。

嫌なわけない。初めてだから、戸惑っただけだ。

俺の反応がお気に召したのか、優しい大きな手が俺の頭を撫でた。余裕そうな手つきに、ますます自分が初心《うぶ》に見える。

そういえば、なんのためにあんなキスをしたのだっけ。

ああ、そうだ。

「……パッキンゲームのこと、許してくれる？」

床の木目を見つめ、ポツリと呟く。機嫌の良い今の彼なら、きっと、許してくれるはずだ。

「許すもなにも、怒ってないよ」

「え」

渡会の声はあっけらかんとしたものだった。

パッと顔を上げれば、彼は無邪気に笑った。

「てか、一言も怒ったなんて言ってない」

「あ…………そっか」

自分の勘違いだと、今になって気付く。

「ごめん、怒ってるのかと思って……血迷って、キスしちゃった……」

「付き合ってるんだから謝ることないよ。いつでもして」

「いつでもって」

ははっ、と乾いた笑いが溢れる。

同級生で歳も変わらないのに、俺よりも何倍も大人な彼が羨ましい。

かっこいい彼氏になるためには、もう少し修行が必要そうだ。

そんな俺の心情を感じ取ったのか、または偶然か、渡会は「でも」と口を開いた。

「俺、日置が思ってる以上に余裕ないよ。そう見せてるだけ」

「え、そうなの？」

人生二周目みたいな落ち着きぶりなのに。そう付け加えれば、フイッと顔を逸らされた。けれど、今回は不機嫌になったわけではなさそうだ。

「……余裕あったら、わざわざ雑用代わってまで日置を呼び出しに行かないし、強引にキスもしない」

彼の耳が赤く色づく。

大人っぽさから一変した反応に頬が緩んだ。

そんな可愛らしいところも、嫉妬深いところも、全部ひっくるめて好きだな。

－完－

あとがき

この度は、本作を手に取ってくださり、誠にありがとうございます。初めまして。今作で作家デビューさせていただきました、隠木鶉《かくれぎうずら》と申します。

今回書籍化に至った『修学旅行で仲良くないグループに入りました』は、初めて書いた長編創作BLで、とても思い入れのある作品です。二年前に書き上げたもので、修学旅行を題材にした経緯は覚えていませんが、執着攻めが書きたいという強い思いから誕生しました。涼しい顔して言動は重い攻めと、なんやかんや流されてしまう受けの構図が大好きなので、渡会と日置は私の癖を存分に詰めた子たちとなっています。

物語の醍醐味、だんだんと距離を縮める二人はもちろん。周りの友達を巻きこんだ、学生同士の何の生産性もない会話や、思わず笑ってしまう空気感も楽しんでいただけたら嬉しいです。最初から登場人物が多いのですが、後半には部活仲間も加わり、彼らの絡んだ会話は筆がよく進みました。

実は、今回悩みに悩んでカットしたキャラクターや、まだ頭の中でふんわりしている未登場のキャラクターもいるので、どこかで紹介できたらと思っています。

まさか、自分の作品が本になるとは思わず、ずっと夢心地で過ごしています。声をかけてくださった編集部の方、素敵なカバーイラストを描いてくださった５１０様、書籍化までご助力いただいた方々、そして、読者のみなさまには感謝の気持ちでいっぱいです。

重ねてになりますが、本作を読んでくださり、本当にありがとうございます！　まだまだ未熟者ですが、今後もよろしくお願いいたします。

またどこかでお会いできる日を楽しみにしております。

二〇二四年十二月二十日　隠木鶉

隠木鶉先生へのファンレター宛先
〒104-0031　東京都中央区京橋1-3-1　八重洲口大栄ビル7F
スターツ出版（株）　書籍編集部気付　隠木鶉先生

修学旅行で仲良くない
グループに入りました

2024年12月19日　初版第1刷発行
2025年4月30日　　　第5刷発行

著　者　隠木鶉
発行人　菊地修一
発行所　スターツ出版株式会社
〒104-0031
東京都中央区京橋1-3-1　八重洲口大栄ビル7F
TEL　03-6202-0386（出版マーケティンググループ）
TEL　050-5538-5679（書店様向けご注文専用ダイヤル）
URL　https://starts-pub.jp/
印刷所　株式会社　光邦
イラスト　510
デザイン　フォーマット／名和田耕平デザイン事務所
カバー／名和田耕平＋小原果穂（名和田耕平デザイン事務所）

ISBN　978-4-8137-1678-5　C0193　Printed in Japan